# 信念に、生きる。

## 隷属から自立へ

# 目次

## 第一部　日本の過ち

## 第二部　老い――人生の宿題――

目次

## 第五部　目標を持つ

目次

# 第一部
# 日本の過ち

# 和解

　戦後間もなく、フィリピンに行きました。
空港で私を出迎えてくれたフィリピン人の友人が
「決して、一人で外に出るな。誰か付けるから」と忠告をし、
日本語を三つ知っていると言うのです。
オイ、バカ、コラ。
厳しいところに来た、と思いました。
教会の本部に挨拶に行きましたら、
「お待ちしていました。今度の日曜日、教会に行ってくれませんか」
「その教会は農村にあります。戦争中に日本軍に破壊され、村民が虐殺された
村ですが、いいですか」
と、言われました。

私は日本の兵隊でしたから、戦慄が走りました。

　マニラからジープに乗せられて、約二時間半。着いたところが、バターン半島。サンタカタリーナという、見るからに貧しい村です。教会堂がありました。竹で編んだ教会堂。窓はあるけれど、もちろんガラスなどはありません。会衆席の後ろから、牧師に先導されて、前に進みます。坐っている人たちが振り返って、私のことをジロリと見る。緊張しました。

前に立って、自己紹介をします。

「私は日本から来た、阿部です」

牧師が土地の言葉であるパンパンガ語に訳してくれました。

すると、会衆がにやりと笑うのです。

どうしてだか、分からない。

しかし、気持ちが少し楽になって、日本の戦争責任について語りました。

話が終わると、牧師が私に向かって言いました。

「日本人が来ると言うので、何か起こらなければいいが、と、いささか心配していました」

「しかし、あなたの名前のアベというのは、バンバンガ語でフレンド、友達という意味です」

「あなたを日本から来たアベ、友達として歓迎します」

会衆が総立ちで、拍手をしてくれた。

感激しました。

礼拝が終わったあと、竹で編んだ床の上で車座になって、
その地方の料理をご馳走になりました。
青年たちが、私のために歌ってくれた。

訪ねたのは十二月の始めでした。

歌ってくれたのは、ホワイトクリスマスです。

もちろん、誰も雪を見たことがない。

それが、ホワイトクリスマスを歌ってくれた。

大変、印象的でした。

集まってくれた百十名、一人びとりと握手をして別れました。

その日だけは、世界で一番祝福される名前になりました。

私にとっては、和解の体験でした。


私が行ったバターン半島では、戦時中、フィリピンを占領した日本軍がアメリカ、フィリピンの捕虜八万人を、炎天下、百キロにわたって歩かせました。

死の行進、です。

フィリピンでは、今でも毎年「死の行進」をしています。

三千人近くの人が、一〇キロを歩きます。

忘れていないんですよ、フィリピンの人たちは。

死の行進で、三万人が死にました。

その中に多くの障がい者がいた。

当時、フィリピンＹＭＣＡの総主事だったバスカラが、障がい者のために募金を始めました。

それが、日本軍の怒りをかい、軍法会議にかけられた。

その時、「それは私が命令しました」と、証言をした日本人の牧師がいました。

バスカラは、無罪放免。

牧師の名前は、藤田正武。

戦時中、英語のできる牧師がカトリックから十三名、プロテスタントから十二名、フィリピンに派遣されました。

藤田はそのひとりです。

彼は、バスカラを救ったことで、逆にスパイの嫌疑がかけられます。

日本に送還され、軍法会議にかけられた。
懲役三年、執行猶予一年の判決。敗戦間際になってようやく釈放されます。
拷問されたんですね、拘置所で。
歯を全部なくした。
歩けない。

そして、敗戦。
日本が負けて、日本人の戦犯がフィリピンで軍法会議にかけられます。
百八名。その内、五十六名が死刑判決を受けた。
その時、バスカラが運動を起こしましてね。キリノ大統領に恩赦を訴えた。
キリノ大統領は、奥さんも、参院議員だった息子さんも日本軍に虐殺されています。
日本軍には恨み骨髄なんですよ。
しかし、キリノ大統領は特赦の許可を与えました。

百八名、全員無事に日本に帰ります。
それから三十年後の一九七四年。
ＹＭＣＡ大会でバスカラと藤田正武が再会しました。
感動的な再会でした。

私は、これが「和解」だと思うんですね。
しかし、人と人、国と国が和解をするというのは、容易なことではありません。
韓国に行った時のことです。
一人の老人の方にお会いしました。
年齢は八十歳くらいだったでしょうか。
日本語をしゃべるんですよ、上手に。
その時、大変恥ずかしい思いをしました。
恥ずかしかった。
同時に「申し訳ない」と思いました。

日本は朝鮮を侵略して、日本語に変えさせたのです。
名前も日本語に変えさせた。
約千の神社を作り、韓国人に神社参拝を強制しました。
多くの朝鮮の人が犠牲になった。
言葉もそのひとつ。
今でも高齢の方は日本語を話すことができるのは、そのためなのです。

実は、それは朝鮮だけではないんですよ。
日本の地方でも同じく、標準語をしゃべらせました。
沖縄の学校では、子どもが方言をしゃべると、
「方言札」というのを首からかけられて、廊下に立たされたんです。
琉球の方言を禁止した。
標準語に統一しようとした。
日本という国は、そんなことをしたんですね。

多様化は認めない。
そういう社会でした。

ドイツは、敗戦四十周年にヴァイツゼッカー大統領が国家の罪を認めました。
ユダヤ人の慰霊碑にぬかずいた。
以来、ドイツはユダヤ人に賠償金を払い続けているんです。
すでに一〇兆円を超えました。
それを、フランスが認め、一緒にEUを立ち上げた。
これが、和解だと思いますね。

原告と被告が条件を出し合って、妥協するのが裁判です。
罪を犯した者が罪を告白して、許しを求め、相手がそれを受け入れる。
そして、両者が新しい理解と信頼の上に立つこと。
これが和解です。

それが、如何に難しいか。
日本は第二次世界大戦で三百万人、アジア全体では二千万人が死にました。
しかし、和解をしたことがない、日本は。
面子でしょうね。
和解しないですね。
しかし、和解をしなければならない。
私は、今でもそう思っています。
韓国に対して、私に出来る限りのことをしてはいますが…。

## 考えず、惑わず、疑わず

最近、北朝鮮のミサイルをめぐって、世界に緊張が走っています。
大型車両がミサイルを運び、軍隊が行進する。

あの、足をまっすぐに伸ばして行進するのは、ナチス・ドイツのスタイルです。
行進している兵隊は、無表情。
テレビを見ていて、ふと、我に返りました。
あの場面に、戦時中の自分が重なるんですね。
今も、世界中でテロが起こっている。爆弾を腰に巻いて、自爆。
何で、あたら若い命を散らすのか。そう思います。
しかし、私どもはそれをやってきた。
タコツボに隠れて、上陸した敵の戦車に爆弾を抱えて突っ込む。
自分で、慄然としました。
情けない。
いかに、愚かであったか。

問題は何か。

考えず、

惑わず、
疑わず、
命令に服するのみ。
楽なんです。依存ですから。
しかし、何と愚かだったか。
私は、九十歳になって初めて、戦争を語らなければならないと思いました。
今まで語っていません。語りたくなかった。
いくら語ったところで、若い人には通じないだろうと、思い込んでいたんですね。
しかし、語らなければならない。
若い人は
考えて、
迷って、
疑って、

悩んだうえで、歩いて行きなさい。

そう言いたかった。

私は、それをしてこなかった。


私は小学生でした。

もっとも、当時は尋常小学校と言いましたが、ひとクラス七十人。

学校に行きますと、まず国旗、次は天皇、皇后のご真影が置かれている奉安殿の前でお辞儀をしました。

何も知らない。ただ、お辞儀をするだけ。

中学校の二年生から、軍事教練がありました。

少年兵ですよ。

鉄砲を担いで、射撃。

銃剣と言って、鉄砲の先に剣を付けて、突っ込む。

それをずっとやってきたわけです。

やがて、士官になります。

学徒兵でしたから、選択肢がありません。

いずれは戦場に行かなければならなかった。


士官になるための試験がありました。

軍人勅語を暗唱させられます。

全部暗唱するのに十分間ほどかかるのですが、すべて万葉仮名で書かれていました。

私はずっと習っていましたから、一発で合格です。

しかし、兵隊は殆どが尋常小学校しか出ていないため、万葉仮名が読めない。

覚えさせるのに苦労しました。

私にとって不思議なのは、毎日繰り返し暗唱していた軍人勅語を、今は全く覚えていないんですよ。

一行だけ、覚えています。

「軍人は忠節を尽くすを持って本分とすべし」

あとは、全部忘れている。

何故だか分からない。


私は、士官として軍隊に入り、甲府の六十三部隊に配属されました。

兵舎に入ったその夜、シラミと南京虫の洗礼です。

体中が真っ赤に膨れ上がった。

日本の軍隊は、実に不衛生でした。

毎晩、下着を釜で煮て消毒をするんです。

ああいった状態で、部隊が戦闘力を持てるはずがないと思いますね。

私に、出張命令が出ました。

市内の朝日小学校に一泊して、翌日の汽車に乗る予定でした。

近くの温泉に入って、いい気持ちで帰ったら、空襲警報。

目の前に、焼夷弾がパラパラと落ちてくる。

当時は怖いと思わなかった。

しかし、いま考えると怖い。


翌日、昼過ぎの列車で発ち、姫路で石炭を積んだ無蓋貨車に便乗させてもらって津山を目指しました。

あの辺りはトンネルが続きます。

蒸気機関車の煙と煤で、全身真っ黒です。

津山の一つ手前、勝間田という駅で降りて、目的地の日本原演習場に向かった。

当時町には食べるものはなかった。

軍隊なら食べるものがある、と言われていました。

しかし、軍隊にも食べるものがなかった。

赤い高粱米《こうりゃん》が主食です。馬の飼料。人間は食べない。

しかし、高粱米しかない。

惣菜はニラ。醤油も味噌も不足していましたから、塩茹でです。

朝、昼、晩。高粱米とニラ。一週間続いた。
私は、食べ物に好き嫌いはないのですが、いまだにニラはダメですね。

終戦は、豊橋の予備士官学校で迎えました。
演習場に並ばせられて、直立不動で玉音放送を聞くわけです。
戦友が号泣する。
私は、逆に喜びでした。
「終わった」という安堵感。
しかし、その感情は隠さなければならない。
みんな、泣いていましたから。
「一年後のこの時間に、みんなで会おう」と誓いあって、戦友と別れました。
しかし、いつの間にか忘れてしまった。
それきり。

## 虚脱

戦争が終わったその夜、町に灯りが点りました。
それまでは、燈火管制で真っ暗です。
町に電気が点いた。
敗戦を実感しました。
東京に帰ります。
解放された。もう、憲兵に監視されることはない。
自由です。解放の喜びに浸りました。
ところが、すぐに困惑した。
何をしていいか、分からない。
自分の居場所が、崩れていく。
生きる目標が、ない。

当時、若者の間で流行った言葉が、「虚脱状態」でした。

虚脱して、引きこもった。何もできない。


私は、半年間、図書館でアルバイトをしました。

そして、乱読。

毎晩、何冊も本を持って帰り、読み漁った。

最も大きな影響を受けたのが、シュバイツァーの言葉でした。

「人間が社会より大きければ、文化は育つ。社会が人間より大きくなったら、文化は破壊される」

私は、戦争で破壊されて文化が衰弱した、と思っていました。

東京は、一面焼け野が原。神田神保町の岩波書店のビルだけが、ポツンと立っていた。

岩波は、戦後、ペラペラの岩波文庫を月に一回だけ出したんですよ。

それが欲しくて、人びとが岩波のビルを二重三重に取り巻いた。

そして、一冊の文庫を手に入れる。
「戦争が、文化を崩壊させた」
私は、そう思っていました。
ところが、シュバイツアーは何て言ったか。
「そうではない。文化が衰弱したから戦争が起こった」、と。
この言葉が、心の中に響きました。
この言葉によって、働く気持を呼び覚まされた。
新しい文化を作るために、働こう。
私は、大学に戻りました。

敗戦によって、「何々からの自由」は確保しました。
しかし、「何々への自由」が分からない。
目標がない。
むしろ、考えてこなかった。

服従するままに生活をしていた。
主体性が、ない。
立ち直るまで、随分時間がかかりました。
その間、いろいろ考えさせられました。

私は中学の二年生から敗戦まで、ずっと鉄砲を撃っていました。
しかし、戦地には行ったことがない。
当時の小銃は三八式歩兵銃。明治三十八年方式の銃でした。
銃は、敵意と殺意がなければ撃てないんです。
そして、憎しみ。
憎しみというのは、どこまで行っても連鎖反応です。
尽きることはない。
その憎しみを愛に変えるのが、平和なんです。
憎しみを愛に変えられるのか。

どうやって変えるか。

## 国民に強さだけを求めた

明治四年、日本政府は岩倉具視を団長、伊藤博文、大久保利通、木戸孝允を副団長に、調査・視察団を海外に送ります。

十二か国を二年間で回った。

最初にアメリカに行き、議会を見学しました。

議員が、侃侃諤諤《かんかんがくがく》、議論をしている。

その様子を見て、一行が抱いたイメージは何か。

記録によれば、魚市場の競り、でした。

とても、こんなことは出来ない、と思った。

日本では、長く、殿様の鶴の一声で物事を決めてきましたから。

民主主義は、否定されたんですね。

一行が気に入ったのは、ドイツのビスマルクによる政治体制でした。整然と、上から下へ、体制ができている。

これを、日本に持って帰りました。

日本は帝国主義になった。

そして、富国強兵、殖産興業。

中でも、一番の目的は強兵です。

徴兵制度を作った。

そのために作られたのが身分制と戸籍です。

身分を明らかにする必要があった。

男は、二十歳になると徴兵検査を受けました。

これを拒否すると、戦争中はそのまま刑務所行きです。

徴兵検査に不合格になると、兵隊に行かなくて済みましたが、社会はその人に仕事を与えなかった。

国民に「強さ」だけを求めたのです。

明治二十三年、ロシア皇太子が国賓として来日しました。皇太子が帝都・東京に入る時、政府は何をしたか。浮浪者狩りをしたのです。その数二百四十名。浮浪者を狩りこんで、強制的に隔離し、東京市養育院に収容しました。「社会の恥を、お客さんに見せるな」こういう論理です。恥なんです、弱さが。

知恵おくれの子どもに対して、当時日本ではこう言われていました。白痴、痴愚、魯鈍。鈍くて、愚かであると決めつけた。それは、ヨーロッパでも同じです。

「イディオット」と言いますが、白痴という意味です。
追放した。
しかし、その後の歴史が分かれました。

## リハビリテーション

アメリカが第一次世界大戦に参戦し、負傷兵が帰ってきました。
この負傷兵のために、リハビリテーションが始まります。
損傷した機能を補完し、社会に返すのがリハビリテーションです。
社会に戻すために、リハビリテーションをする。
例えば、指が動かなくなってマッチが擦れない人のために、ライターを発明しました。
日本には戦後、リハビリテーションが入ってきました。

しかし、日本のリハビリテーションは未だに機能訓練で終わっています。
リハビリテーションの語源である「リハビリタス」は、「人間性の回復」です。
日本のリハビリテーションは、これが欠けています。
機能だけを考えている。
本来は、人間性の回復なんですね。
戦時中、アメリカがリハビリテーションをしている時に、日本はどうだったか。
負傷兵のことを「廃兵」と言ったんです。
戦闘力がなければ、軍人も捨てる。
戦争が始まって、傷痍軍人と呼ぶようになりましたが、それまでは廃兵です。
捨てました。
そういう状態だったんですね、日本は。

# 良心

　戦争が終わって、アメリカの情報が入ってきました。
衝撃を受けました。
何に衝撃を受けたか。
ひとつは、アメリカの戦争に対する思想です。
ラインホルト・ニーバーという神学者がいました。
社会的に非常に大きな影響を与えた神学者です。
私も習いましたが、当時の国務長官、ダレスの師匠です。
ニーバーはこう言いました。
「ウイ・マスト・リスク・ザ・ウォー・フォー・ピース」
平和のために、戦争のリスクを冒そう。
これが、戦いをするための思想だったんです。

戦争は、平和のためだ、と。

目標を掲げた。

日本は、戦時中、平和という言葉を使ったことがないんですよ。

戦争のための戦争、侵略のための戦争をしてきた。

大東亜共栄圏をめざした。

アジア全体を支配しようとした。

アメリカは平和を目指した。


二つめは、軍隊にチャプレンがいたことを初めて知ったことです。従軍牧師がいた。

チャプレンというのは、カウンセラーのようなものですけれども、任務のひとつは兵隊から罪の告白を聞き、許しを与えることです。

アメリカの軍隊は、それをしてきた。

韓国の軍隊も、チャプレンを置いています。

三つ目。

これが大事なのですが、アメリカに「コンセンシャス・オブジェクション」という言葉がありました。

良心的拒否。

違う言い方をすれば、「シビル・デイズ・オビーディアンス」

市民的不服従です。

アメリカには、絶対的な平和主義者がいます。

クエーカー、メノナイト、セブンスデー・アドベンチスト。

この人たちに、徴兵拒否を認めた。

なかには、軍隊に入る者もいましたが、決して銃を持たせない。

衛生兵はセブンスデーの人たちが多かった。


日本は、国家が人間に服従を強いてきました。

アメリカは、国家が人間の良心に服した。

大きな違いだと思いました。
良心とは何か。
パウロは「心に記された立法」と、書いています。
聖書のコリント十三章です、良心というのは。
「不義を喜ばず、正義を喜び、真実を愛する」
自分の利益を図らない。
驕り高ぶらない。
礼を失しない。
それが良心だと、私は理解しています。
それでは、私に良心があったか。
かけらもなかった。
そういう教育を受けたことがないのです。

# 知性と感性

若い人に求めたい。
自分の思想で、自分の責任で、自分で主体的に物事を決めて、歩きなさい、と。
学校教育は知識を増やしてくれます。
それは、昔も今も同じです。
ただ、知識というのは、増えれば増えるほど未知の世界が拡大していくのです。
だから、生涯学習となる。
しかし、知識を学ぶことが大事じゃないのです。
いかに自分の知識を広めつつ、自分の心を豊かにしていくか。
知識をいかに活かすか。
それが、知性です。
そういう知性に対して、私どもは今まで配慮をしてこなかった。

少なくとも私は、良心というか、知性というのを、全くと言っていいほど身につけてこなかった。
私は、これを否定的に定義したいんですよ、若い人に。

知性と同時に、感性ですね、大事なのは。
感性というのは、簡単に言えばこういうことだと思うのです。
子どもに、「氷がとけたら、どうなりますか」と聞きます。
「水になります」
正解です。
雪に埋もれる雪国の子どもたちに聞くと
「氷が解けると、春になります」と答える子どもがいる。
バツです。不正解。
しかし、夢がある。
これが、感性です。

# 愛

今は、確かに便利になりました。
その背景にあるのは価値観です。
今の価値観を見てください。
富、力、生産、効率、利便性。
確かに、スマートフォンは便利です。
しかし、何かが欠けている。
言葉です。
出会いがない。人と人の出会いが起こらない。
出会いというのは、対話を育てます。
対話というのは、言葉です。
対話というのは、ディアロゴスです。

ディアロゴスというのは「真実を分かち合う」という意味です。
真実を分かち合うような出会いが、今の若者に減ってきているのではないか。
良心にしろ、出会いにしろ、それを支えるのが、愛です。

福祉の仕事は、ケアが中心です。
ケアというのは「カリウス」
愛という意味です。
なぜ、ケアをするか。
理由はひとつしかありません。
愛するから。
なぜ、愛するか。
それは、スピリットがあるから。
そんな中で、教会は何をしているのか。
教会には何が求められているのか。

東日本大震災。
家族が流されていく。助けられない。
家を失い、墓も寺も流れた。
絶望でしょう。
どうすることもできない。
絶望の淵に落とされた人が、最後にできたのは祈りだけでした。
祈ることによって、新しい復興の力が与えられた。
私は、教会こそが祈りの場ではないかと思っています。

## 信仰

ベルリンの動物園に、大きく書かれている言葉があります。

「犬は餌をくれた人を噛まない。それが犬と人間の違いである」

痛烈な言葉です。

世話になっても、恩になっても嚙むんですよ、人間は。

禅の大家、鈴木大拙がアメリカの大学で講義をした後、ひとりの学生が質問をしました。

「原罪とは何ですか」

大拙がすかさず答えます。

「君がそこにいることが、原罪です」

私もその場にいたのですがショックを受けました。

存在そのものが罪であると。

だから、人間というのは罪をどうすることもできない。

解決できないのです、自分で。

それに対して、神が和解された。イエス・キリストを通して。

聖書に書かれています。

人間じゃない。神が人間を許し、和解をした。

礼拝というのは、ドイツ語で「ゴッディス・ディンスト」と言います。

神の奉仕、という意味です。

だから、人間が神に礼拝をする前に、神が会衆に臨んで祝福をする。

そして、会衆がそれに応答する。

それが、信仰ということでしょう。

その許しを受けて、サービスが成り立つんですね。

## サービスの原型

アジアには、タイ、カンボジア、スリランカなどの仏教国があります。

日本仏教は大乗仏教ですが、アジア仏教は小乗仏教です。

かつて、日本仏教はアジア仏教のことを「乗り物が小さい」などと批判をしてきましたが、最近は「上座部仏教」として、敬意を払っています。

アジア仏教の特徴は、毎朝、寺から托鉢に出ることです。
お寺の数も、僧侶の数も非常に多い。
日本には約八万の寺がありますが、四分の一が無住です。お坊さんがいない。
お坊さんは六万人から八万人いると思いますが、数が足りない。
一方、アジア仏教。
タイだけでも五十万人のお坊さんがいる。
非常に尊敬されています。
そのお坊さんが、少年僧を含めて毎朝列をなして、町や村に托鉢に出る。
鎌倉の円覚寺も托鉢をしています。
一軒一軒回って、布施を頂く。
布施を頂くと、お辞儀をして、お礼を言って、お経を読んで門前を離れる。
角付です。
　アジア仏教では、托鉢に来る僧侶を通りに出て待ち受けます。
前を通る僧侶に布施をする。

布施は、食べ物のみ。
村人が跪いて、捧げるがごとく布施をする。
僧侶は、頭を下げず、お礼を言わず、黙って立っている。
常識に反するんですよ。
常識的には、与える者が、上から下へ与える。
受ける者が、跪いて受ける。
ところが、アジア仏教は与える者が跪き、受ける者が立って受ける。
これがサービスの原型かも知れません。
食べ物は寺に持ち帰ります。
寺では、貧しい人々が待っている。
その人たちと分かち合って食事をするのが習わしです。

# 祈り

近年、私どもは謙虚さに欠けるのではないか、と思っています。
食事をする前に、「頂きます」
終わったら、「ご馳走さま」
食事に対する礼儀は、世界中にあります。
お経を読んだり、お祈りをしたり。
しかし、言葉を持っているのは、私が知る限り日本だけです。
「頂きます」というのは、動植物の命を頂く。
それに対する感謝です。
つまり、命に対する畏れと、自然との共生です。
私たちの先祖は、それを伝えたかった。
「ご馳走さま」というのは、食事を用意するために走り回ってくれる家族への感謝です。
だから走ると書くんです、ご馳走は。
いまそういった謙虚さが失われようとしているのではないか。

教会というのは、神の和解を受けて、福音を語り、そして罪が許されて、
人びとを世に送り出すところです。
人材も作っていかなければならない。
受ける方はどうでしょうか。
例えば福祉。
福祉はこれまで、教会に何を要求したかと言えば、人材とお金なんですよ。
しかし、本来、福祉が教会に求めなければならないのは、祈りです。
福祉も、教会のために祈る。
それが欠けているのではないか。
教会は、福祉であろうと、社会であろうと、世界であろうと、

祈りをもって支え、人を送り出す。
受ける方は、それを受けてサービスに専念し、教会のために祈る。
こういう祈りの交叉が、いまこそ必要ではないかと思うのですね。

## 最善来たらず

私が住む横須賀・田浦には十二の老人クラブがありました。
しかし、最近二つのクラブがなくなった。
理由は、老人会の高齢化です。
体力的に、来られなくなる。
世話人がいない。
これが現代でしょう。
私も老人ですが、老人に対して言いたいことが沢山あります。

私が好きなブラウニングの詩です。

「我、年とともに老いゆかん。されど未だ最善来たらず。そは人生の始まりはその終わりのためにつくられてあれば」

老人は、やっぱりそうだろうと思うんですね。

まだ、最善、ベストに達していないんですよ。いくら、年をとっても。

ベストをちゃんと追って、生きなさい、ということでしょう。

## 善意

一九九五年一月十一日、阪神淡路大震災。

私は、震災の翌週に神戸に行きました。

しかし、神戸まで行く手段がない。

ようやく、三田から神戸に入ることができました。

神戸は雨。

私は、子どもの施設に向いました。

そこで、最初に四人の茶髪の少年たちに出会った。

救援品を運んでいる。

身体を雨に濡らしても、救援品は濡らすまいと庇いながら、避難所に運んでいるんですね。

恐らく、それまで人のために働いたことがない少年たちだろうと思います。

私はその光景を見て、「優しさ」という言葉を想いました。

優しいという言葉は、憂いに人が関わるんです。

そして、憂いに関わって、人は優しくなる。


　東日本大震災の時でした。

テレビを見ていた私は、一人の高校生に感動させられました。

彼は、津波から逃げて避難所に避難します。

津波が引いて、自分の家に戻ったら、向かいの家は全て流されて何もない。
自分の家は残った。無傷でした。
少年は、避難所に急いで取って返します。
そして、家が流された人たちに向かって
「申し訳ありません」と言って、頭を下げました。
十六歳ですよ。
感動しました。

神奈川県には横須賀と上大岡に刑務所があります。
テレビで東日本大震災の惨状を目のあたりにした受刑者が
人も家も流されて、悲嘆にくれている人たちを見て、自分たちで義援金を集め
始めたんです。
二つの刑務所で三百万円。
日本全土には約七十の刑務所がありますが、合わせて六千万円の義援金が集

まった。
自分の利益のために人の利益を犯した人たちが、初めて人の幸せを願ったのです。
私は、それが隠された人間の善意だと思いました。
やはり、人間の善意は信頼しなければならないだろうと。
ここから、新しい文化が作られると思うのです。
　日本の社会、これからどうしていくか。どうなっていくか。
体験することが必要ですよ。
経験することとです。
自分の目で見る。
自分で感ずる。
自分で考えるということをすれば、
自ずと言葉はそこから発することができると思います。

# 耐える

仏教に「真行説法」という言葉があります。
真《まこと》な行いをすることこそ、説法である、と。
私はここにいても、大学にいても、キリスト教を語ったことはありません。
語らない。
しかし、実践を通して語らなければならないだろうと思っています。
言葉ではなく、手と足で語る。
難しいです。難しい。
なかなか、伝わらない。

英語で「ネガティブ・ケーパビリティ」という言葉があります。
ネガティブというのは、苦しみに耐えなさい、という意味なんです。

人生は、つらい、悩む、悲しい。

しかし、耐えなければならない。

聖書に「苦難は忍耐を呼び、忍耐は練達を呼び、練達は希望を生む」と書かれています。

これだと思いますね。

どうやって希望を生み出すか。

そのためには、まず耐えなければならない。


人というのは、一人で生まれて、一人で死ぬわけなんですね。

一人なんですよ。

孤独は、耐えなければならないですね。

聖書では「一人より二人の方がいい」と言っています。

何故か。

一人が倒れた時に、もう一人が助け起こす。

これが、人と人です。

「人」という字だってそうです。

一人では倒れてしまう。だから支え合う。

孤独に耐えよ。しかし、一人で死なせてはならない。

孤独に耐える。しかし、孤立はさせない。

これが、コミュニティです。

仲間と一緒に助け合う。

## ビジョン

クエーカーが第一次世界大戦の時に作ったモットーがあります。

「暗闇を呪うより、一本のキャンドルを掲げよ」

人間というのは不平だらけなんですよ。

「社会が悪い」、と。
不平だらけ。
人に責任を押し付ける。
その暗闇の中に、自分で一本のキャンドルを立てなさい、と言っている。
そこから始めなければならないんでしょう。
これは、自立です。主体的に生きる。
「何々への自由」に対して、主体的な決断をしなければならない。
人間というのは、自由ですから、束縛を受けるわけではない。
その中で、何をするのか、どこを目指すかということが問われるのです。
目的意識を持てるかどうか。
要するに、ビジョンです。
ビジョンを自分で描けるか。
そこを問われるんですね。

アメリカの国是と言いますか、理念はアメリカのコインを見ればわかります。「イン・ゴッド・ウイ・トラスト」と書いてある。

神において信頼する。

もうひとつが「エ・プルリブス・ウヌム」

多様性の中に一をつくる。

クオーターという二十五セントコインに、ラテン語で書いてあります。

これがアメリカのプリンシプル、原理・原則なんですよ。

大統領旗にも書いてあります。

なのに、トランプ大統領は逆行している。


アメリカは多民族国家ですから、トランプのような人物を生む風土があるんですね。

支持をしているのは福音派。

福音派というのは南部です。

南部は、南北戦争以来、北に対する対立意識があります。今でも。私がアメリカに行ったのは一九五〇年です。そのころはまだ、汽車も、改札も、トイレも、ホテルも、教会も、白人と黒人は別々でした。私は黄色人種ですから、白人の教会でも、黒人の教会でも歓迎されるんですよ。だから、私どもは橋渡しの役割を果たせると思うのです。しかし、日本人にそういう自覚は全くない。

言葉と行動は繋がっています。観念論で終わってはならない。言葉は大切にしなければならないし、それに繋がる行動も大事にしなければならないと思うのです。

# 第二部

# 老い——人生の宿題——

# 上り坂・下り坂

　私どもは人生を「上り坂」「下り坂」、二本の道で考えてきました。
上るか、下るか。
子どもから若者になり、働き盛りの壮年となり、やがて定年を迎える。
ここが人生の「頂点」だと思われていますが、問題はここからなんですね。
頂点に達した後、どうするのか。
見回しても、上り坂はありません。
なぜ、ないのか。なぜ、見つからないのか。
日本社会がこれまで高齢社会を経験してこなかったからです。
誰も、この先の上り坂を登った経験がない。
だから、上り坂が見当たらない。
やむを得ず、下り坂を降りて行く。

下り坂のことを、仏教では「無明」と言います。

光が見えない。

奈落の底、地獄へと落ちて行く。

これが、人生における「失望」です。

灯りがないから、希望がない。

私どもはこれを「老い」と捉えてきました。


「老い」は苦しい。

病気に向かって、死に向かって老いていく。

老人に限ったことではありませんが、日本人の自殺はイギリスの三倍、イタリアの四倍です。

「老い」の苦しみに耐えられない。

しかし、約束された上り坂はありません。

自分自身で見出さない限り、自分で作らない限り、上り坂はない。

どうやって上り坂を見つけて、さらなる頂点に向かって歩き始めるのか。
私どもの課題はここにあるのです。

## 老い

「老い」の問題は四つあると思いますね。
第一番目は、何と言っても「体の衰弱」です。
体が弱って、耳が遠くなり、目が不自由になり、やがて歩くことも叶わなくなる。
衰弱していく。
これは、どうしようもないですね。
どう対処すればいいのか。
結局は自分自身で対応するしかないのですけれども。

人の寿命はのび続けていて、男性は八十歳、女性は八十七歳です。

けれども、健康寿命は必ずしものびてはいません。

平均で男性は七年間、女性は十年間、不健康なんですね。

場合によっては寝たきりとなり、認知症にもなる。

この時間が結構長いのです。

この苦しみに、どう耐えるか。

これが第一の課題になります。


かつて、「ピンピン・コロリ」ということが言われました。

ピンピン生きて、コロリと死にたい。

「ポックリ寺」なんかも随分はやり、多くの人がお参りに行きました。

ある老人会の人たちがお参りした帰り道、ひとりのお年寄りが亡くなったというのです。

効き目が良すぎる。

「ポックリ死にたいけれど、もう少し長生きさせてくれ」
これが本音です。
では、何故ポックリ死にたいか。
苦しんで死にたくない、寝たきりになりたくない、家族に迷惑をかけたくない。
極めて日本人らしい心情です。
ところが、ヨーロッパの人たちはポックリ死にたくないんですね。
長い人生をゆっくりと振り返りたい。
できれば、子どもたちにそれを書き残したい。
家族に感謝をしたい。
何よりも、天国に行く準備をしなければならない。
だから、ポックリ死にたくない。
この考え方から生まれたのが「ホスピス」です。

# ホスピス

ホスピスはシシリー・サンダースという女性が最初に始めるのですが、面白いことに彼女は看護婦でした。

やがて病人を抱きかかえ、移動させることが体力的に難しくなった彼女は、ソーシャルワーカーになります。

しかし、痛みを伴いながら死んでいく人をどうすることもできない。

彼女はドクターになって、ホスピスを作り、緩和ケアに取り組むわけです。

ホスピスで何ができるのか。

彼女は言いました。

ウイズ・ア・ペーシェント。

患者に寄り添う。

これが一番大事なのではないか、と思うのです。

ホスピスは治療しないんです。緩和する。
アメリカの病院ではホスピスのことをPCUと言います。
パリアティブ・ケア・ユニット。
パリアティブというのは「和らげる」「緩和する」という意味ですけれども、
もともとの意味は「上着を脱ぐ」ことなんです。
自分の上着を脱いで、病んでいる人にかける。
患者は温められ、自分は寒い。
大きな教訓だと思いますね。
寄り添うためには、自分の上着を脱がなければならないのです。

第二の問題は「ふところ」です。収入。
現役をやめればどんどん収入は減っていく。
ふところが寂しくなる。
幸い、年金がありますから最低限の生活はできます。

しかし、年金という制度は仕組みであって、必ずしもその仕組みを支えるサポートは十分ではありません。

権利は主張するが、負担はできるだけ避けたい人が余りにも多い。

現在、国民年金は三十七％が未納であり、滞納です。払っていない。

このギャップをどう埋め、システムをどう活かすか。

ここがひとつのポイントでしょう。

## 孤独と孤立

第三の問題は「ひとりぼっち」です。

少子高齢化が進んでいます。

私が子どもの頃には百人の内三十六人が子ども、年寄りは四人でした。

今は逆転して、子どもが十二％、年寄りが二十七％。

五人で一人の年寄りを支えていたものが、今では二人で一人。
やがては一人が一人を支える時代がやってくる。
「老人は死んでください国のため」という川柳があります。
老人は消えてくれ、と。
老人は肩身が狭いんですよ、今は。
かつて、老人は家族の中で守られてきました。平均、五人家族でしたから。
それが、今では二人になってしまった。
家族そのものが崩壊をしていく。家族が散っていく。
ひとり残される。ひとりぼっちになる。
今、日本には一人暮らしの人が五百万人います。若い人も含めて。
これからも、ますます増えていくんです。

ひとり暮らしは苦しい。何故か。
私どもの家族というのは親、子、孫と、タテに繋がってきました。

日本はタテ社会なんです。

ヨーロッパはどうでしょうか。

家族の基本は夫と妻です。

夫と妻というのはもともと他人ですが、子どもが生まれて初めて血が繋がる。

他人同士の夫と妻の延長線上に、隣人があり、地域があります。

ヨーロッパは、隣人が近いんですよ。

私ども日本人はタテ社会の中で「うち」と「よそ」を区別してきました。

よそ社会。敷居の外には七人の敵がいる。

そのような世界を作ってきましたから、家族がいなくなると寂寥です。寂しい。


ヨーロッパにはこのような言葉があります。

「人間は孤独には耐えられても、孤立には耐えられない」

そこで、ヨーロッパの人たちはどうしたか。

「スープの冷めない距離」と言い出しました。

ひとり暮らしでもすぐ近くに家族がいて、スープを運んでも冷めない所に住む。

そういうシステムを作ってきました。

ところが日本では家族が亡くなると、年寄りがひとり残される。

今、横須賀社会館では老人を対象に給食をしているのですが、きっかけは一人暮らしのお婆さんのひと言でした。

「昼間は人の顔が見え、車が走り、気が紛れます。夜中、ふと目が覚めると、骨を刺し、こころの凍る寂しさです」

「寂しいから、死にたいのです。しかし、死ぬ勇気がありません」

この給食は栄養の補給ではないのですよ。

ひとりぼっち同士を繋げる給食です。

今、東京都内ではひと月に平均十二人の方が孤独死しています。

これをどうするか。


四番目の問題は「無用」です。

朝起きてから夜まで、特に用はない。することがない。
年寄りは役割がないんですよ。家庭の中で、地域で。
役割がないと、人間を孤独にする。
私は、この「無用」が最も大きな課題だと思います。
社会的に無視をされて、ひとりぼっち。孤立するんですね。
人は、孤独に耐えられないのではなく、孤立に耐えられない。
孤独と孤立。
二重の問題を持っていると思いますね。

## 楽しみ

孤独と孤立を乗り越えて、「老い」をどう生き抜くか。
第一はどんな小さなことでもいいですから、「楽しみ」を持つことです。

私の楽しみは、毎朝の散歩です。

今まで、散歩なんてしたことがなかった。

職場と家を往復するだけ。

ラジオ体操には毎日参加します。

新聞もよく読みます。二紙を隅々まで丹念に。

そして、切抜きをする。

自分のためじゃないんです。切り抜いた記事は私の手元に残していない。

「あの人なら関心がありそうだ」と思う記事を切り抜いて、その人に渡したり、送ったり。

ラジオ体操仲間七人と教会の二十人。それに北海道から沖縄、アメリカの友人。

全部で、五十人ほどになりますか。

余計なお世話です。

でも、大概の人は喜んでくれます。

毎週、私は教会でお昼をご馳走になります。牧師とふたりで食事をします。

時々、友人とも食事を共にします。
家に来てもらうこともある。
人と交流すること。
これが、何よりの楽しみです。

## 目標

何のために行動するのか。何を目標にするのか。何に向かって行くのか。
年寄りにはこれがない。生きて行く目標がない。
現役の時には、家族や会社のために一生懸命働きますが、そういった目標がなくなる。
目標を自分で作らなければならないんですよ。
それが、上り坂を作れるかどうかの問題ですね。

自分に問わなきゃならないんですね、目標を。
その目標は、どこから出て来るのか。
私は、年を重ねるにしたがって「自然」が近くなりました。
毎日、まだ暗いうちに散歩に出ます。
途中、月を見ます。
現役時代には見たこともありません。
一月二日、二月三日の満月は実にきれいです。
月は西から上ってくるんですね。
西から東へ、毎日高さを変えながら進んでいく。
こんな当たり前なことを、初めて知りました。
私にとって、ガリレオ級の発見です。

「月指」という言葉があります。月を指す。
親鸞が言いました。

「汝、なんぞ指を見て月を見ざるや」、と。
指を見るということは、自分の周りのことに拘るということです。
ここから出ることができない。
もっと上を見なさい。
親鸞はそれを言いたかった。
「なんぞ月を見ざるや」と。
ヘレンケラーは月を見て、「未来の夢を持たない者はみじめ」だと言っています。
目の見えないヘレンケラーが月を見ている。そこに、夢を見ている。
自分を超えた世界を望まなければならない、ということです。
人生の目標はそこから出てくる。

# 生ける者と人権

私の生活の中心は教会での礼拝です。

教会の礼拝は何が良いのか。

スピリットという言葉があります。

聖書ではスピリットのことを
「神が人間を創造して、鼻から息を吹き込む。そして、生ける者とされる」と言っています。

神のペルソナ、つまり人格を受けて、「生ける者」にされる。

生ける者とは「役割を与えられている者」です。

「無用」ではないのです。

教会の礼拝は、罪が許されて「生ける者」とされる。

人間というのは、死に至るまで生ける者とされたいんです。

生ける者にされるから、生きる意味と存在感を持ちうるのではないか。
私はそう思います。

戦後、日本に「人権」という言葉が登場しました。
人間の権利。
人権というのは、人格の尊厳、という意味なのです。
これを、日本は受け入れていない。
個別性だけを受け入れた。
人格の尊厳という意味が分からない。
それが日本の問題だと思うのです。

# 寄り添う

私は二年ほど前に突然倒れ、意識を失ったまま病院に運ばれました。

この時に強く思ったことがあります。

吉田兼好は徒然草の中で書いています。

「死は前より来たらず、後ろから来れり」と。

死というのは、生きている自分にとっては「他人」の死なんですよ。

他人ごとです。

死は後ろにいて、自分には見えないし、感じない。

私は、倒れて、意識を失って、初めて「死が前から来る」ことを実感しました。

死が前から来る。恐怖です。

聖書には「神が汝を創造したが故に、死に至るまで背負い運びかつ救う」と書かれています。

神が最後まで運んでくれる。
死の怖さを超えるのは、これしかないと思っています。
それが、教会で与えられる信仰です。
死というのは、自己の存在そのものが喪失することですから。

私の妻がホスピスで亡くなった時、娘たち夫婦と五人で見守りました。
実に安らかな死でした。
その時、心から「召された」と思いました。
私は妻の死に心を満たされました。
それは、寄り添ったケアの結果です。
職員もドクターもボランティアも、良く寄り添ってくれました。
余命二週間と言われたのが、ケアによって三か月に延びたんですよ。
ちょうど春でした。
桜の名所で知られる衣笠山へ、五～六人の患者と一緒に行くことになっていました。

しかし、雨で中止になってしまった。

翌日、ドクターが自分の車に車椅子を乗せ、看護師を伴って、私と妻を衣笠山に連れて行ってくれました。

雨上がりで泥んこの中を、ドクターが車椅子を押して満開の桜の下を回ってくれる。

ドクターの靴は泥だらけです。

これがケアだと思いましたね。

「寄り添う」とはこういうことだと。

心が通じました。

ケアというのは「カリウス」と言います。

カリウスは「愛」です。

なぜ、ケアをするか。

愛するからなんです。

それは「生ける者」を愛するんです。
これからも心豊かに生きていけるように、ということとしょう。

## 禁欲

私は、嫌なことは忘れるたちです。嫌なことは持ち越さない。
楽観主義というのは、くよくよしない、なるべく後ろを振り向かないことです。
私のモットーは「ワン・ステップ・イナフ・フォー・ミイ」
一歩で十分。
無理をしない、慌てない。
一歩だけ進む。二歩、三歩行くことはしない。
二歩、三歩行こうとすると欲が出る。躓く。
自分を厳しくするというのは「アシケイシス」です。「禁欲」。

禁欲というと、常識的には「好きなタバコを止める」などの意味にとられがちですが、
違うのです。
目標があって、その目標に進むために自分の身を整える。
それがアシケイシス・禁欲です。
積極的な意味なのです。
何かをやめる、というネガティブな意味ではない。
積極的に自分の身を整えて、前へ進む。
だから、目標が必要なのです。

しかし、これからの人生を生きて行くために、何を目当てにするか。大変難しい。
ささやかでも、ボランティアをすることです。できれば息長く。
私は在日韓国人のための老人ホームを作る運動に、三十年間関わっています。

もちろんボランティアです。

昨年、東京江戸川に五つ目のホームが完成しました。

かつてハンセン病の病院であった神山復生病院に明治三十年に建てられた古い病棟がありますが、少しずつ寄付を募って新しく建て替え、記念館としてよみがえることが出来ました。

長年の念願が叶いました。

刑務所の慰問には五十八年間通いました。


定年というのは、長く働いてきた組織を失うことです。

ひとりでは何もできませんから、そこがつらい。

組織から離れると、生き方が分からなくなります。

ことに、会社のトップまで上り詰めた人が問題です。

自分が組織を動かす権力を持って、支配をしてきた。

その地位から離れると、動かす人も、動く人もいない、誰も。

トップの人は確かに支配をし、管理をしてきました。

しかし、愛を持って社員に仕えたかどうか。問題はそこにあると思います。

社長というのは社員に仕えるんですよ、本当は。

支配と同時に、仕えなければならない。この両面が必要なのです。

支配だけしてきた人というのは、組織を離れたら一人ぼっちです。

人を使うだけではだめなのです。

## 家族

私は、経済学者のトインビーを尊敬していました。産業革命という言葉を作った人です。

三十一歳の若さで夭折します。

三年をかけてトインビーの墓を探し、英国のウインブルドン近くの教会で見つけました。

しかしその時、私は自分の家の墓に行ったことがないことに気がついたのです。

先祖の墓がある弘前に行きました。

その時、お寺の住職から言われます。

「あなたのお父さんはこの墓に入れません」と。

私の家は分家だからです。本家だけが入れる。

これが、日本の「家」の中心的な考え方です。

長男が家を守っている。

町の役場で働いているのは、殆どが長男です。

次男以下は家を出る。出ざるを得なかった。

福沢諭吉が咸臨丸でアメリカに渡った時、初代大統領ジョージ・ワシントンの子どもたちの消息を聞きました。

誰も答えられない。関心がない。

ジョージ・ワシントンは評価し、歴史上に位置付けますが、その子孫には全く関心がない。

日本とは大きく異なります。


昔、家族を表すものとして「売り物、後継ぎ、用心棒」という言葉がありました。

売り物とは、娘のことです。

少しでも格の高い家に嫁がせて、自分の家の格を上げる。

飢饉が来れば、身売りです。

どちらにしても、娘は「売り物」なのです。

嫁の仕事は二つありました。

ひとつは嫁ぎ先の家風に自分を合わせる。味噌汁や漬物の味。家によってみんな違います。

もうひとつが、子どもを産むことです。

「後継ぎ」を生む。

しかし、昔は夭折が多かった。

私が生まれた大正時代には、千人のうち百六十人が幼くして亡くなりました。長男にもしものことがあれば、次男が跡を継ぎます。だから、次男坊は家の「用心棒」です。しかし、長男が元気だったら、家を出なければならない。結婚もできない。これを嫌って、次男以下の人たちが都会に出て、日本の産業革命の一翼を担いました。

私どもは、このような家族制度を作ってきたんですよ。今も、どこかに残っていると思います。


家族崩壊と言われていますが、本当に崩壊したのかどうか。夫婦なのにお互いを「お父さん」「お母さん」と呼び合っている。夫が家父長だから、お父さん。未だに基本は「家」なんですね。今も、家の形が残っている。

韓国の墓を見ると、もっとはっきりしています。

土饅頭のような形をした墓の、一番高い所に先祖が葬られている。
守礼の国なんですね、韓国は。家系図もよく作られました。
やはり、家柄を問うたんですね。
明治時代になって作られた、日本の身分制度もそうです。
華族、伯爵、侯爵、平民。
徴兵制を導入するために、家柄を問わなければならなかった。

　私は、対等な関係で家族が作れるといいと思っています。
今までは、どこか女性蔑視で来ていました。
これからは、ますます少子高齢化が進みます。
新しい家族の在り方を、追求しなければならない時が来ている。
いずれにしても、家族の存在は大きいと思います。
日本は、特に血縁関係を大事にしてきましたから。
ただ、今までの家族関係でいいのかどうか。

# 第三部

# 「出会い」

# 寿命

神様は全ての動物の寿命を三十年にしようとしました。

まず、ロバを呼んで「お前の寿命は三十年にする」と言い渡します。

ロバは「人間にこき使われ、お尻を叩かれ、もっとしっかりしろと言われながら荷物を運ばなければなりません。それはつらいんです。だから三十年も生きたいとは思いません」

そこで神様はロバの寿命を十八年減らしました。

次に犬が現れます。

「お前は何もしないのだから、長生きしたいだろ」と神様が言います。

「いえいえ違います。元気に走り回っている間は良いのです。年をとると歩けなくなって、隅っこにしゃがみ込んで、ウ～ウ～唸り声を上げるだけなのです。それは苦しいのです。だから寿命は長くいただきたいとは思いません」

神様は犬の寿命を十二年減らしました。

猿がやってきました。

「お前は、毎日遊んでばかりいるから、長生きしたいだろう」と神様が言います。

「とんでもございません。私たちは人間どもに芸を仕込まれ、見世物にされています。道化の背後には哀しみがあることをお察しいただきたい。寿命は短ければ短いほどいいのです」と、猿が答えます。

神様は猿の寿命を十年減らしてやりました。

最後に人間が現れました。

「お前の寿命を三十年にする」と神様が言います。

「たった三十年ですか。私たちは働いて家族を養い、家も建てなければなりません。寿命をもっと伸ばしてください」

「そうか。それならお前にロバの分の十八年をやろう」

「十八年いただいても、まだ働いている間にこの世を去らなければなりません。

もうちょっといただけませんか」

「しょうがない。犬の分の十二年もやろう」

それでも足りないと言う人間に、猿の分の十年を与えます。

「十年いただいても、これから余生を楽しむ時に死ぬことになります。もう少しいただけませんか」

「いや、もうやれない」

人間は不満たらたらで神様のもと去って行きました。

これで、人間の寿命は七十年になるのです。

グリムがこの童話を書いたころのヨーロッパ人の寿命は三十年なのですよ。なのに、グリムは七十年という寿命を想定した。

しかし、人間は三十年間楽しい生活を送った後、動物たちの苦痛を背負いながら生きて行かなければならないことをグリムは言いたかったのです。

# 出会い

友だちとはメールで交換する。
一見、非常に親しそうに見えます。
しかし、その親しさが「心友」、心の友を作れているのかどうか。
現代の人は見えるものだけを信ずるんですね。
見えないものは、信じない。
西行がお伊勢参りをした折に、神々しさに胸を打たれて、歌を詠みました。
「なにごとのおはしますかは知らねどもかたじけなさに涙こぼるる」
古の人は、見えないもの、聖なるものを尊敬するという思いがありました。
今は、なくしてしまったのではないか。
そういう時代になったと思うのですね。

友だちというのは、やはり面と向かって、相まみえることが必要条件じゃないですかね。

言い変えれば、出会い。

出会いはフエイス・トゥ・フエイスから始まります。

私もその経験をしてきました。

私の経験則から言えば、出会いは二十代まで。

三十代になると感覚が鈍くなります。

そして、自分の生活にこだわる。

恋愛でもそうです。

三十歳を超えての恋愛というのはね、まず自分の生活を考える。打算です。

二十代までは純粋だと思いますね。

だから、出会いがあるんです。


私の出会いについて、話をします。

私は日本メソジスト教会で育ちました。八十年前、中学生の時に洗礼を受けました。

メソジストというのは、ジョン・ウエスレーという人から始まります。

ウエスレーは言いました。

「リーブ・ナウ・トゥデイ」

今を生きよ、と。

トゥデイ、今ということを強調するんですね。

ウエスレイには、もうひとつ有名な言葉があります。

「ゲイン・オール・ユー・キャン」

「セーブ・オール・ユー・キャン」

「ギブ・オール・ユー・キャン」

できるだけ稼ぎなさい、儲けなさい。

働いて、稼げ。

それをちゃんと蓄えて、蓄えたものを吐き出しなさい、と。

私の知る限り、「儲けよ」と言った宗教人はウエスレイだけです。

カーネギーはそれを実行したんです。

「富を残すことは恥じない」と言った。

これがアメリカの寄付文化を作りました。現代にいたるまで…。

ビル・ゲイツひとりで五兆円ぐらいをすでに寄付しています。寄付を惜しまない。

それを分析したのがマックス・ウエーバーです。

「キリスト教の倫理と資本主義の精神」という有名な論文の中で、ウエスレイのことも書いています。

いわば、資本主義の精神を作るのに大きな貢献をしたことを書いている。

## 米山梅吉

ウエスレイの教えに従って、それを実行した日本人がいます。

米山梅吉です。

米山は青山学院の第二代院長だった本多庸一の薫陶を受けており、その影響もあってアメリカ・オハイオ州のウエスレアン大学に入学します。

メソジストの大学ですが、そこでウエスレイを学ぶわけです。

帰国後、三井銀行の常務になりますが、信託業務を日本にいち早く導入して三井信託銀行を作ります。

彼は『新隠居論』の中で、五十五歳で仕事を辞めて隠居し「与える」生活に入りなさいと書き、自ら実践しました。

三井各社を糾合して「三井報恩会」を作ります。

この三井報恩会は戦前、戦後を通じて一番大きな支援財団ではないでしょうか。

米山は三井報恩会で数多くの留学生を世界に送り出すとともに、疲弊した農村の復興にも貢献しました。

かつて青森県にあった西平内村には今でも記念碑が残されています。

セファランチンという薬を使って、結核の予防にも取り組みました。

そして、ハンセン病です。

米山は自ら手土産を持って、当時十六カ所あったハンセン病の療養所を歴訪します。

何れも地の果てや孤島にある。実に不便です。そこを回った。

三井報恩会を通してベッドを三千台寄付します。

ハンセン病院から見れば恩人です。

しかし、なぜかハンセン病の歴史にこの事実は出てこない。

　彼は私財を投じて、はる夫人と一緒に青山学院に小学校と幼稚園をつくります。

今の青山学院初等部、幼稚園です。
当時は緑岡小学校、緑岡幼稚園でした。
米山とはる夫人はそれぞれ校長、園長に就任します。
寄付は一切仰がなかった。
米山の子息、米山桂三の言葉によると
教職員の給料を払うために、はる夫人が質屋通いをしたというのです。
要するに、米山は全てを捧げた。
私は、青山学院初等科の時から、そんな米山梅吉に憧れていました。
近くで見ていましたから。
「自分も米山のようになりたい」と思った。
しかし心変わりした。挫折しました。

三井銀行の頭取に万代順四郎という人がいました。
戦後、公職追放解除後は自分の持ち株をすべて売って母校青山学院の復興のために寄付をし、当時創業されたばかりで海のものとも分からない東京通信工業、今のソニーの会長を引き受けた人です。

津久井浜というところに、夫人の療養のために屋敷を建てますが、後に維持費まで付けて横須賀市に寄贈します。

米山が伝えた伝統です。

　米山は日本ロータリークラブの創設にも貢献します。

ロータリー米山記念奨学金は、これまでに一万人を超える留学生を送り出している。

米山が育った静岡県長泉町には、ロータリークラブの有志によって建てられた米山梅吉記念館があって、米山の精神を今に伝えています。

# 上田辰之助

戦争が終わって、私は軍隊から復員し、自由になりました。自由を満喫しました。憲兵の監視もない。ところが、「何かからの自由」は得たけれども、「何々への自由」が分からない。全て権威に依存していましたから。命令に服していただけ。その権威が失われると、目標がなくなるんですよ。自分の立っているところが崩れてくる。居場所がないんですね。当時のはやり言葉で言えば、虚脱状態。半年間、引きこもった。この半年間ほど、本を読んだことはありません。乱読。片っ端から本を読みました。

その中の一冊に上田辰之助の著作があった。

虚脱状態から立ち直って、大学に行きたい、と思い始めていたころです。


一橋大学に入学し、十年間にわたって上田辰之助に師事することになります。

上田辰之助はトマス・アクィナスを研究した経済学者であり、思想史家です。

私はここで得たことがあります。

ひと言で言えば、「社会というのは、身体である」ということです。

身体には様々な臓器があり、節々があって、それらが全て助け合って機能し、ひとつの身体を動かしている。

禅語に「生也全機現　死也全機現」（せいやぜんきげん　しやぜんきげん）という言葉があります。

身体の中の細胞が人間を活かしており、細胞のひとつひとつが作る器官が人間を死に導く。

同じなんですね。身体と福祉は。

助け合って、それぞれの職分を果たしながら、ひとつの身体を作っていく。私はそこから福祉の思想を生み出しました。

自立と連帯。

ふたつのキーワードがここから出てきたんですね。


上田教授が私に一冊の本を渡してくれました。

アーノルド・トインビーの『英国産業革命史論』です。

私は産業革命なんて興味がなかった。

本の巻頭にトインビーの友人だったミルナーという内務大臣の追悼文が書かれていた。二十数ページにわたるこの追悼文を読んで、私は、トインビーに心を動かされました。

トインビーはロンドンのスラムに入るんです。ボランティアとして。

彼はそこで命を失うのですが…。

私どもは普通、社会が変革すれば人間も変わって、幸せになれるという論理を持ちますが、トインビーは違います。
「意識が変わらなければ、社会変革は起こし得ない」と言いました。
人間の意識を変えることが最初だと、主張した。
彼は、スラムの住民に罪の告白をしています。
「知識階級が象牙の塔にこもって、スラムを見下し、差別をしてきた」と。
ここからセツルメント運動が起きるんです。
私はこのトインビーに惹かれた。

　しかし私は、そのころはまだ米山梅吉に憧れを持っていました。
ゼミナールのレポートにも米山のことを書いています。
上田教授はそのことを知っていた。
卒後前、教授から呼ばれました。
「三井銀行の常務に話してあるから、会いに行かないか」
心配してくれていたんですね。

普通だったら、喜んで行きます。

その時、とっさに答えました。

「実は私、ソーシャルワーカーになりたいのです」

その時はまだ、ソーシャルワーカーの何たるかを知らなかった。

しかし、ソーシャルワーカーになりたいと言った。

教授はしばらく黙ってから、言いました。

「まあ、いいだろう」

## 岩下壮一と井深八重

私がなぜ、ソーシャルワーカーになりたい、と言ったのか。

上田教授から呼ばれる数週間前に、ある人に出会いました。

井深八重です。

井深八重との出会いが、私の運命を変えることになります。

　私が学生の頃、毎年夏季学級に参加していました。
その時の仲間は、今でも大事にしています。
ある夏、仲間の一人が「富士山に登ろう」と言い出した。
すぐ「行こう」となります。参加者は二十人ほど。
もちろん、私も富士山に登るつもりだった。直前までは。
しかし、ふと気が変わった。
岩下壮一のことが、頭をよぎったのです。
御殿場に行くならば、岩下壮一が死んだ場所を見たかった。
岩下は、私からすれば日本のカトリックが生み出した最高の知性です。
何故か、亡くなった場所が無性に見たくなった。
　仲間と別れて岩下が院長を務めていたハンセン病療養所の神山復生病院を目指します。

受付で来訪の目的を話しますと、四十歳ぐらいの女性が案内をしてくれました。彼女は、ここは医療施設というより、ソーシャルワークをしている場所だと言うのです。

しかし、学生の私は「ソーシャルワーク」について全く知識がなかった。帰ってから、字引を取り出します。

ソーシャルワークとは社会事業。社会の事業。分からない。

当時はその程度でした。

続けて、その女性が言います。

「私は、ボランティアなんですよ」

ボランティア。これも初めて聞く言葉です。

さすがに質問をしました。

「ボランティアって、何ですか」と。

その女性は聖心女子大学で英文学を教える教授でした。

夏休みの二ケ月間、電話の受信、受付、館内の案内などをしていた。

無償です。
感心しました。
　岩下壮一の部屋に案内してくれました。
何もない。
ベッドと戸棚、それに机があるだけの、質素な部屋でした。
聖堂の二階、患者に何かあればすぐに駆けつけられる位置にあります。
当時、国立の療養所は感染区域と非感染区域に分けられ、間に鉄条網がありました。
私どもが感染区域に入る時は、消毒衣を着せられた。
感染区域の人は、一歩も外に出られない。
職員は非感染区域に住まなければなりません。感染区域には住めなかった。
何かの時、すぐに駆けつけることが難しかったと思います。
神山復生病院は出入りが自由。誰でも病棟に入れる。
岩下は何かあればすぐに駆けつけました。

いつでも飛んで行ける場所に、寝起きしていた。

岩下は医療に力を入れていました。
診察室は実によく整備されている。
背中を押されて、中に入ります。
ひとりの看護婦が患者の左手に包帯を巻いている。
歩を進めて、その光景をじっと見ました。
患者は鼻も耳もただれ落ちている。
私は、胸をつかれました。
きれいなんですよ、看護婦が。
明るい表情でした。
そして、てきぱきとした動き。
動と静のバランスに、こころを打たれたのだと思います。
ふと、聖書のマタイ伝二十五章の四十節が浮かびました。

「これらの小さき者の成したるは 我に成したるなり」
インスピレーションと言っていいでしょうね。
そこにいた時間は十五秒か二十秒。
お互いに、ひと言も口をきいていない。
私は、黙って見つめていただけ。
その看護婦が誰であるか、知らなかった。
黙って部屋を出ました。
その時、心の中が一変したのです。
「この看護婦さんについて行こう」と思った。
これが、井深八重との出会いです。
もちろん、井深は覚えていない。
私がその名前を知ったのは、七年後のことです。

後に、私は神田という司教、岩下壮一の一高時代の教え子だった宮崎という方と、ＮＨＫテレビで鼎談を行ったことがあります。

その時はまだ、私だけが岩下を知らない。

番組は岩下壮一がテーマでした。

岩下の父は岩下清周という関西財閥ですが、疑獄事件に連座したとして引退する。御殿場に二十万坪もの山を購入して、そこに住み、子どもの教育をします。

岩下清周は神山復生病院のことを、非常に気にしていました。

ゆくゆくは東京大学のスコラ哲学の教授と目されていながら、ヨーロッパに渡って神父になった岩下は、清周に相談します。

「神山復生病院で働くのは、どうだろうか」と。

清周は大賛成する。

岩下は仲間の反対を押し切って、神山復生病院の院長に就任します。

院長をしながら一高、東大でカトリック研究会を指導して、弟子も育てている。

　放送の反響は思いのほか大きかったのを憶えています。

それを知った岩波書店が岩下の本を二冊、再販に踏み切ります。

『中世思想史の研究』と『信仰の遺産』です。

井深八重にも話も聞くことになり、御殿場まで発電機を運んで収録しました。

私が聞いて、井深が答える。

収録の途中でディレクターが井深の後ろで大きな紙を出すんですよ。

もっとご本人自身の話を聞いてください、と書いてある。

私としては聞いているつもりですから、無視をして収録を進めます。

すると、五分後にまた紙が出る。

今度は「ご本人」のところに赤く丸が書かれている。

私は、ハッと気づきました。

井深は色々な話をしてくれました。

「患者は喉を侵されて、苦しみ、悶えながら死にます。でも、その死に方は美しいのです」

その時のレジデントや主治医が、いかに立派であったかという話をする。

ディレクターが言ったのはこのことか、と思いました。

井深は決して自分のことを語らないのです。

人の徳をたたえる。

同志社大学の名誉博士号を授けられていること、ローマ法王から勲章をもらったことなど、自身のことは一切話さない。

そういう人でした。

私も井深の影響を強く受けました。

## エベレット・トムソン

私の「出会い」で忘れられないのは、横須賀社会館の初代館長エベレット・トムソンです。

私がトムソンと初めて会ったのは一九五一年、アメリカ留学中のことでした。

トムソン夫妻の子息と水泳をしたこと、初めてボーリングなるものを体験したことなど、よく覚えています。

二年後、サンフランシスコで帰国するための船を探していた時に、日本から一時帰国したというトムソン夫妻にばったり会いました。

その時初めて横須賀社会館のことを知ります。

トムソンに「来ないか」と誘われました。

横須賀の老人クラブでのボランティアも薦められます。

後に社会館の十周年を記念する講演の中で、トムソンは「後任の館長は日本人にしたい」と話しました。

多分、私のことを念頭に話したのでしょう。

サンフランシスコ以来、何度もアプローチされていましたから。

その当時、私は一橋大学を卒業して明治学院大学文学部で講師をしていました。

社会思想史の担当です。

私にとって、大学は実に居心地が良かった。

誰に相談しても、横須賀行きは大反対。

背中を押したのが、妻の律です。
「行きましょう」のひと言。
「それなら、行くか」
実に主体性がない。
こうして、トムソンの後任として横須賀社会館の館長に赴任します。
三十一歳の時でした。
私は、トムソンを明治学院大学の教授に推薦しました。

トムソンの父親は田舎牧師です。
中国伝道を志していたのですが、果たせなかった。
それを息子が受け継いで、中国を目指します。
ところが、たどり着いたのは日本だった。
トムソンは横浜に上陸します。
待ち受けていたのが、カナダ人の宣教師でソーシャルワーカーでもあったバットです。

トムソンはバットから「横須賀へ行ってくれ」と言われます。

原爆が投下された長崎へ行きたかったトムソンは断った。

しかし、結局は一ケ月の約束で横須賀に行くことになります。

横須賀に滞在中、市長や教育長、町の名士に会って、今の社会館の構想をつくり、後に初代の館長に就任します。

　館長に就任してから、社会館は夫人に任せてトムソンは沖縄にも赴きました。

行ってくれ、と言われれば、さっと行く。

ある教会から、ベトナムへの派遣を要請された時のことです。

若い宣教師はすべて断った。

私を含めて、全ての人がベトナム行きに反対でした。

健康不安もあった。夫人も心臓に病を持っている。

トムソン自身も広島に住む孫と会うのを、何よりの楽しみにしていました。

教団の委員会も反対です。

軍事政策に加担すべきではない、と。

みんな、反対をした。

　トムソンは言いました。

「これは神の召しです」と。

「行きます」と言った。

アメリカの教団と日本の教団、社会事業所、学校と協議する「内外協力会」という団体がありましたが、当時の議長が言いました。

「これは人間のサファリング、苦難の問題です。トムソン先生を送りましょう」

これで、決まりました。

私は涙をもって見送った。

ニードがあれば、呼ばれれば、それに応える使命感。

私がトムソンから学んだ、最大のものです。


　トムソンは二年間、ベトナムに滞在します。

その間、休暇にも帰ってこない。

せめて、任務が終わったら日本に帰ってきてほしかった。

明治学院も席を空けて待っている。

しかし、彼はアメリカに帰りました。

「自分の老後を、日本の人に世話になるわけにはいかない」と。

帰国後、オハイオ州クリーブランドのスラムで二年間活動した後、老人ホームに入ります。

夫人が亡くなった時、私の家内が行って歌いました。

トムソンが亡くなった時は、私が葬儀で弔辞を述べました。

彼の息子が言った言葉が印象深いのです。

「今日は父のセレブレーションです」

お祝いです、と言い切った。

天国へ凱旋、ということでしょう。

その何年か後に、息子が亡くなりました。

葬儀の時に、私は亡き息子に向かって言いました。
「残念ながら、私にはセレブレーションと言えるほどの信仰は持っておりません」と。
親子ともに、大変立派でした。
私は、トムソンの敷いた路線の上を黙って走ってきただけです。

## 魂の目

これが、私の「出会い」です。
振り返ると、全てが二十代、三十代までなんですね。
その後、出会いなんてないんですよ。
出会いは、自分の人生を変えるぐらいの意味を持つと思いますね。
宗教哲学者であり社会学者のマルティン・ブーバーは

「人生は出会いで決まる」と言っている。
それでは、出会いとは何か。
　アメリカの視覚障がい者、盲児の施設を訪ねた時のことです。
エントランスに大きな写真が掲げられていました。
五歳から六歳ぐらいの二人の子どもの写真。もちろん二人とも盲児です。
ひとりの子どもが、もうひとりの子どもの肩を抱いて、何事か囁いている。
聞いている子どもが、にっこりと笑っています。
実に可愛い。
ふたりは白人と黒人です。
写真に言葉が添えてありました。
「ザ・ブラインド・アー・オールソー・カラーブラインド」。
目が見えないから、色の識別ができない。
相手が白人であるか、黒人であるかは問わない。
だから、二人でにっこりできる。

私は目が見えます。

目が見えることで、相手によっては一歩も前に進めないことがある。

人種的偏見もある。

心を閉じてしまう。

目が見えない人というのは、目が見えない故に、相手が誰であろうと、心を開くんですね。

私のように、目が見えても心が閉じている者と、目が見えなくても心が開いている者が出会って、お互いに魂の目を持って向き合う。

それが、出会いだと思うのです。

私は、そういう出会いを今の若い人に経験させたい。

恋愛をちゃんとしているか。

打算が入っていないか。

見えるものだけを信じていないだろうか。

それでは、心が見えないことを知っているだろうか。

それでは、先が見えないことを知っているだろうか。
出会いは、感性だと思うのです。

# 第四部
# 福祉を文化に

# アイデンティティ

　先週テレビで、将棋の加藤一二三と経済学者の対談を見ました。

大変、面白かった。

加藤一二三に経済学者が質問をします。

「対局中、あなたはいつもお昼にうな重をとっていますね。お好きなんですか」

加藤一二三が答えます。

「別に好きではありません。好きなのは天ぷらうどんです」

「では、なぜうな重を」

「うな重は時間通りに来ますが、天ぷらうどんは遅れるからです」

どれくらい遅れるのか。

「二分です」

経済学者は絶句していました。

たったの二分です。

対局時の持ち時間は九時間ですから、二分なんて何でもないかも知れません。

しかし、加藤にとっては貴重な時間なんですね。

言い変えれば、加藤は対局に命を懸けている。


もうひとつ、加藤一二三について話しますとね。

彼は対局中に時々相手の側にまわって盤面を見るんです。

他にいないですよ、そういう棋士は。

相手の側にまわって、見る。

相手の立場に立って、見る。

これは、大変面白い。

加藤一二三はかつて二十連敗したことがあるそうです。

「二十連敗して、あなたは将棋をやめようと思いませんでしたか」と聞かれた加藤は、「思いません。先がありますから」と、答えた。

面白い人だと思いました。
要するに、アンデンティティがあるわけですよ。
将棋に自分の生涯をかけている。
アイデンティティです。

同時に、相手の側に立つというのは、客観的に見ることです。
これを、能の世阿弥は「離《り》見《けん》の見《けん》」と言いました。
能役者は舞台の上で懸命に踊ります。
しかし、心は自分をひとりの能役者として受け止める。
これが、離見の見です。
要するに、観客の立場から自分を見つめなさい、と。
加藤一二三はそれをやっているんですよ。
見事だと思いました。

このアイデンティティというのは、福祉にとっても大変に難しい問題でしてね。
俳優の三国連太郎が三十歳の時に老け役が回ってきました。
三国は歯を全部抜いているんですよ。
老人の役に没頭するためでしょう。
作家の横溝正史は、夜中に自分の部屋で小説を書きました。
書きながら、背中がぞくぞくしてくる。
居ても立ってもいられなくなって、家族がいる居間に降りていきます。
要するに、小説を書きながら、小説の主人公と自分が同一化するんですね。
これがアイデンティティだと思います。

福祉に関わる者は相手の意向を尊重しなければなりません。
しかし、とっさの時の選択が非常に難しい。
東日本大震災の後、友人から電話がありました。

地震発生時、病院で人工透析を受けて彼は地震の瞬間、スタッフが自分の上に覆いかぶさってくれたことにいたく感激したと言うのです。

同じ震災時、老人ホームでひとりの女性スタッフが老人を車椅子に乗せて逃げました。

しかし、津波が迫ってきます。逃げきれない。

彼女は車椅子の老人を拝んで置き去りにし、ひとりで逃げました。

老人は津波に流され、彼女は助かった。

彼女には子どもが三人います。

誰も責められません。

主体的に決断を下さなければならない時に、アンデンティティが問われるんですね。


一九六〇年代、日本は大学紛争の時代でした。

アメリカも人権、市民権を巡って紛争が起こっていた。

この時に、アメリカのソーシャルワーカーがアンデンティティを問われました。「どっちを向いて仕事をしているのか」を問われた。アメリカのソーシャルワーカー協会に所属していた二万人のソーシャルワーカーが脱落しました。

アイデンティティを疑われて、仕事ができなくなった。アンデンティティをどうするか。

同時に「離見の見」があるわけです。

ひとつの大きな課題です。

## 理論を超えた感性

この横須賀に、明治十五年、龍驤《りゅうじょう》という名の軍艦が帰港しました。乗組員は三六五人。その内、一六九名が脚気で動けない。

すでに二十五人が脚気で死んでいました。
海軍は衝撃を受けます。
戦闘力に影響が出るからです。
この時、軍医総監だった高木兼寛は「白米が原因ではないか」と思いつくんですね。
しかし、確証はない。
高木は実験をしたかったが、予算が通らない。
ところが、自身も脚気を患っていた明治天皇がお金を出してくれた。
高木は筑波という軍艦を使って実験を行います。
三三三人を乗せて、龍驤と同じ二八七日間の航海に出ました。
米は乗せなかった。
小麦粉でパンを作った。
航海を終えて帰ってきます。
十六人が軽い脚気に掛かっていたが、死者はゼロです。

実験は成功した。

高木はパンを主食に、肉、魚、野菜、果物をふんだんに供し、肉と野菜を一緒に煮込んだカレーを作りました。

この時に、横須賀で有名な「海軍カレー」が始まるんです。


これに対して、陸軍はどうしたか。

軍医総監は森林太郎。あの森鷗外です。

陸軍の軍医総監は全て東京帝国大学出身でした。

森林太郎もそうですが、みんな細菌学者のコッホの弟子です。

森も脚気は遺伝だと考えた。菌が遺伝すると思っていました。

高木に問いただします。

「なぜ米が原因なのか、説明せよ」、と。

森は論理的な根拠を要求した。

しかし、高木は答えられない。論理的な説明ができない。

森は「理論がないから」と、陸軍で米を使い続けます。

しかし、これには背景があると思っています。

その当時、東北地方出身の兵隊は軍隊に入るまでは貧困のために米を食べることができなかった。

主食は粟やひえです。

陸軍は一日に一人当たり六合の米を兵隊に食べさせました。

軍隊に入るのがひとつの夢だったんですね。

腹いっぱい、白米が食べられる。

日露戦争が始まり、百十万人の兵隊が動員されます。

陸軍は四万七千人が戦死しました。

その内、二万七千人が脚気で死んだ。

海軍は脚気で死んだ兵隊はゼロ。

大きな差ができました。
おそらく、森はその時の責任をとったのではないかと思うのですが、死ぬ時に「位階勲等を墓に記すべからず」と言い残した。東京三鷹の禅林寺にある墓には、森林太郎とだけ記されています。大きな犠牲を払って、日露戦争の後、陸軍も麦飯に変えるんですよ。

確かに海軍の高木兼寛には、証明する理論はなかった。しかし、これが高木の「感性」なんですね。高木は英国で学んだんですよ。東京帝国大学ではなかった。彼の感性で「米が原因ではないか」、と思うのです。理論を超えている。

高木は後の東京慈恵会医科大学となる東京慈恵医院を創りますが、同時に「看護婦教育所」を創設します。

明治十八年。日本で最初の看護教育です。

しかし、日本に教える教師がいなかった。

アメリカのリードという宣教師の看護婦を呼びますが、背後には明治学院を創ったヘボンが働いていたと思います。

ヘボンは慈恵の評議員もしていましたから。


明治二十二年に外務大臣の大隈重信が暴漢に襲われて、負傷します。

治療したのが高木です。大隈は片足を切断。

自宅療養をする大隈に、高木は四人の看護学生を付けました。

四人の看護ぶりにいたく感激した大隈夫人の綾子は、感謝の手紙を送ります。

「患者の意を迎え、姿なきを見、声なきを聞く」。

公表されたこの手紙によって、看護婦は家政婦と違うことを、世間は認識しました。

この「姿なきを見、声なきを聞く」が「離見の見」なのですよ。

見えないんです。
アイデンティティは「近づいて、ひとつになれ」と言う。
寄り添え、と。
しかし、離見の見は「離れろ」と言うんですよ。
離れて見なさい、と。
矛盾している。
この矛盾をどう乗り越えて、ひとつにするか。
これが福祉をする者の、大きな課題なんですね。

## 見えざるもの

経済学者の父と言われ、国富論を書いた英国のアダム・スミスは何と言ったか。

「利益を追求すれば自ずと公益も増す。それはインビジブル・ハンドに導かれる」。

見えざる手に導かれて、私益と公益はひとつになる、と。

スウェーデンでは、「オムソーリ」と呼ばれるケアがあります。

オムソーリとは「悲しみや幸せを分かち合う」という意味です。

もうひとつ、「ラゴール」という言葉があります。

「就業」という意味ですが、「官」と「民」が協力をして「公」をつくる、という意味も含んでいるんですね。

ヨーロッパというのは、インビジブルなものを確信しているんですよ。

見えない、インビジブルなもの。

インビジブル・ハンドで導かれて、新しい公益を作っていく。

このインビジブルというのは、私たち日本人にはないのですよ。

日本の国会で証人喚問が行われるときに、宣誓をします。

「良心に従って」と言います。

アメリカでは、必ず「神の前で」と言う。

アメリカのクオーターと呼ばれる二十五セント硬貨には、二つの文字が刻まれています。

ひとつは「IN GOD WE TRUST」、イン・ゴッド・ウイ・トラスト。

神において信頼する、と書いてある。

大統領旗にも同じ言葉が記されています。

宣誓もこの言葉で行われる。

日本は「良心に従って」です。

ここは大きな違いですね。

インビジブル・ハンドは必ずしも絶対神ということでもないと思いますが、アメリカは「イン・ゴッド」なんです。

もうひとつ、二十五セントコインに言葉が刻印されています。

E PULRIBS UNUS、エ・プルリバス・ウナスというラテン語です。

「多文化共生」という意味なのですよ。

見えざるものに対して信頼をする。

そこに差異があると思いますね。

## 互酬から社会化

日本はタテ社会です。

「隣り」という日本語は「村境」という意味です。村の境界。

そこには「人」がいません。地理的な「場所」を指しています。

英語の neighbor・ネイヴァーは「近くの人」という意味で、人間を指すんです。

聖書を日本語に訳す時に、ネイヴァーを訳せなかった。「隣り」ではない。

やむを得ず、隣の下に「人」を付けた。
「隣人」という日本語は、聖書から始まるのです。
ヨコ社会のアメリカにあって、ヘボンは優れた宣教師でした。
ヘボンの墓はアメリカ・ニュージャージー州のイーストオレンジという町にあります。
訪ねました。
墓にはヘボン夫妻と三人の子どもたちが眠っています。
ヘボンは、宣教の途上に三人とも亡くしているんです。
しかし、宣教を続けた。
宣教師というのは厳しい仕事だと思いますね。
子どもたちの墓の隣りに、奥野という名の日本人の墓がありました。
日本からの留学生です。
私はこのことに大変感銘を受けました。

日本では墓に他人が葬られることはないし、許されない。

私は、このことが「多文化共生」だと思うのです。


日本の家族は、タテの関係は非常に明確ですが、ヨコに広がらないという欠陥があります。

家族社会の中で、お互いの相互扶助がある。

隣りから、味噌や醤油を借りて、後で返す。

こういったことがごく普通に行われてきました。

相互扶助です。

この相互扶助を「互酬」という言葉で呼ぶんですね。

お互いに支え合う。

日本というのは、今でも互酬社会です。

結婚式に呼ばれると、お祝い金を持っていき、持ちきれないほどの引き出物をもらって帰る。

葬式に香典を持っていき、半返しを基本に香典返しをもらう。
ヨーロッパでは葬式にお金を持っていく人はいません。
アメリカでも結婚式にお金を持っていく人はいません。
それでもお祝い金を出してくれた場合は、その人の名義で赤十字に寄付をします。
赤十字からその人宛てに領収書が送られてくる。
互酬とは、ペイ・バックというんです。お返しをする。
アメリカはペイ・フォワードです。
頂いたお金を直接返すのではなく、第三者に差し上げる。
こういう文化を築いてきました。
だから、お祝い金ではないのです。
これが違うところです。

互酬というのは、顔の見える範囲なんです。

親族、親しい友人、一定の上司。
福祉というのは、知らない第三者に対する働きかけのことを言います。
したがって、互酬というのは福祉じゃないのです。
仏教に「日供《にっく》」という言葉があります。
日供というのは、米を研ぐときに一握りの米を別にしておくことです。
毎日、一握りだけ。
近所が火災や災害にあった時に、拠出する。
そういう風習が昔からありました。
しかし、これも仲間相互の扶助という域を出ていない。

北海道の奥尻で災害があった時、横須賀社会館にひとりの老人が訪ねて来ました。
義援金を持って。
こう言ったんです。

「私は関東大震災の時に助けられました。これはお返しです。奥尻に送ってください」

私は二つのことに注目しました。

　ひとつは、恩を受けたことを七十年間忘れなかったこと。

もうひとつは、その恩が助けてくれた人に対してではなく、見ず知らずの奥尻に返されたことです。

新しい文化だと思いました。


　一九六四年、アメリカのライシャワー大使が刺される事件がありました。

すぐに、輸血された。

普通であれば、外交上の大問題です。

さすがライシャワー。

「これで、私にも日本人の血が流れました」と、言ってくれた。

しかし、この時の輸血がライシャワーの命取りになります。

後にB型肝炎を発症したのです。

当時は、殆どが「売血」によって血液が確保され、四百万を超える人たちが血を売って生活をしていました。

　ライシャワー事件をきっかけに、日本は血液の制度を変えます。

各地に血液センターを作った。

献血をすると、二十ページほどの分厚い献血手帳をくれました。

裏表紙には、こう書かれています。

「あなたとあなたのご家族が血液を必要とする時、あなたが献血された同量を優先的に確保します」

互酬なんですよ。献血も互酬で始まった。

今の献血手帳には書かれていません。

しかし、年間六百万もの人が献血をしています。

互酬が普遍化し、社会化したんですね。

これを伸ばせないか。

郵便局のボランティア貯金も今や四百万件です。随分、変わりました。

ボランティア元年と言われた阪神淡路大震災の時、全国から百四十万人にものぼるボランティアが集まった。東日本大震災ではすでに百六十万人を超えました。日本の社会は、互酬から始まって社会化してきたと思いますね。これは、ひとつの大きな希望です。ここから新しい文化を、どうやって作っていくか。今、そういうところに立っているのだと思います。

# ボランタリズム

戦時中、日本は弾丸を作るために各家庭から金属製品を回収しました。

その時、アメリカは何をしたか。

洗濯機、乾燥機、冷凍庫、テレビを作って、広く普及させていました。

生活文化があるんですね。

その生活文化を生み出したのが、市民社会です。

スウェーデンでは、公園の遊具は住民自らが木で造ります。子どもたちのために。そういう社会を作ってきた。

市民が社会参加する。

行政を待っていない。

私たちは、行政が仕組みを作り、システムを作るのを、待ってきました。

今も、待っている。

市民は権利を主張するだけ。
あれをよこせ、これをよこせ。あの制度や権利を自分にも適用させよ、と。
しかし、負担の義務を負わない。国民年金も滞納する。
我々は行政に対して、できれば何かに「参加」しようとします。
ところが、ヨーロッパの福祉社会が作った市民社会というのは、住民の活動に
行政の参加を呼び掛ける。
この違いですね。
これがボランタリズムなんです。

　ボランタリズムというのは四つあります。
第一は、一歩先に進む。先駆的。道を切り拓いていく。
第二は、一歩遅れる。落穂ひろいをする。
第三は、ともに歩く。
第四は、時の流れに逆らう。

先日、韓国ＹＭＣＡの総主事に話を聞く機会がありました。キム・ヨンジュンという人が総主事の時、韓国ＹＭＣＡから朝鮮独立運動が起こったと言うのです。

第二次大戦中に日本政府に反抗している。

横浜のＹＭＣＡは遊郭を無くする運動をしました。

ボランタリズムにおいては、時の流れに逆らうということが起こっていいんですね。

そして、ボランタリズムが市民社会を作り、新しいコミュニティを形成していく。

デンマークは敗戦によって、ナチスに占領されました。

デンマークに在住するユダヤ人は、胸に赤いマークを付けることを強要されます。マークを付けないで外出すれば、即刻、逮捕です。

その制度が実施される日の朝早く、国王が馬に乗っていつもの散歩に出かけました。
その胸には赤いマークが付いていた。
それを見た市民が、誰ともなく胸に赤いマークを付け始めました。
ドイツ軍は、手が出せない。
ナチスが占領した国の中で、ユダヤ人が保護されたのはデンマークただ一国でした。
これが、連帯です。

コミュニティをひとつの身体と考えるんですよ。
節々と様々な臓器が、お互いに支え合ってひとつの身体を形成する。
コミュニティは、ひとつの身体だろうと思うのです。
自立と連帯から、コミュニティが形成されていくんですね。
アジアで最初にノーベル賞をもらったインドの詩人、ゴダールが言いました。
「全ての子どもは、神が人間に失望していないことを伝える使者である」と。

世界に一億五千万人の孤児がいると言われています。いま、国連に対して、「孤児の年」をつくるように呼びかけが行われていますが、この孤児の問題をどうするのか。

神様が失望しないために、みんなで孤児を守らなければならない。

## 福祉の非合理

一九六二年、ドイツのベテルを訪ねました。

てんかんや知的障がい、精神疾患を持つ人、高齢者、社会活動に困難を覚える若者、ホームレスの人たちなどが生活するキリスト教の共同体です。

ベテルのことは何も知らないまま、団体の一員としてツアーに参加しました。参加者はヨーロッパのソーシャルワーカー。白人以外の参加者は私だけ。訪ねたのは日曜日でした。

シオンという教会で、障がいを持つ人たちと一緒に礼拝をします。

非常に印象的な礼拝でした。

ドイツでは、讃美歌は座って歌い、聖書は立って読むことを知りました。

日本と逆なのです。

ベテルは、初代ボーディッシュイングという人が、四人のてんかん性の子どもを預かって、百五十年前に始まりました。

ボーディッシュイングの墓参りをしました。

墓の周りには、一緒に働いてくれたディアコニッセ（奉仕者）の墓が並んでいます。

現役のディアコニッセたちが毎日掃除をし、花を添えている。

ボーディシュイングの墓参りをして思いましたのは、マックス・ウエーバーから学んだベルーフ、天職という観念です。

「ここではベルーフが生きている」、ということを感じました。

七千五百人の障がい者と職員、合わせて一万人の人がベテルで生活していました。

　重症児の施設に入りました。

臭いがない。

シーツは真っ白。

それだけで、ケアの質の高さが理解できます。

見学を終えた私たちを、ボーディシュイングの孫の三代目村長がお茶に呼んでくれました。

私は村長の横に坐らされた。

同行した大学の先輩が、私に質問を促します。

しかし、何も聞くことがない。

困った私は、ベテルの年間予算について聞きました。

ボーディシュイングは、「知らない」と答えます。

驚いた私は重ねて聞きました。

「予算を知らないで、どうしてここを経営しているのですか」

すると、「あなたは、予算が分からなければ、経営ができませんか」と言われました。

私は、答えられなかった。

帰国後、ボーディシュイングに手紙を書きました。

「おっしゃりかったのは、福祉の仕事はお金ではない。ニードにいかに対応するか。お金はそれについて来るということですか」と。

答えはありませんが、代わりに二冊の本が送られてきました。


私は、反省しました。

私どもの福祉は「数量」なんです。

入居者が何人、欠員何人、予算はいくら。

自治体が作る計画は、人口十万人に対して、児童相談所は一か所、老人ホームは三つなどと決められている。

数量で表す。極めて合理的なんです。
これも大事なことです。
しかし、福祉というのは「非合理」なのです。
ニードというのは、見える場合もあれば、見えない場合もある。
その人に金があるか、ないか、は別問題。
対応しなければならない。
そこに、福祉の宿命があるのです。
そういう思想、倫理が欠けている。
役所が作った制度に基づいて、その枠内で仕事をしている。

## 福祉文化と市民文化

私は、社会構造改革というのをやらされ、社会福祉法という新しい法律を作りました。
その時のポイントのひとつが「措置」でした。
老人ホームの入所は、行政が決めていた。
施設に老人を送ってくる。お金を付けて。
施設の経営は安定していました。
この措置を止めて、契約にしようとしたのです。
自分で入りたい人と契約する制度に切り替えた。
反対したのが施設です。
大変な抵抗に会いました。
施設は、財政が不安定になりますから。
しかし、通しました。
アジェンダは六つありましたが、一番最後にこういう言葉を入れました。
「福祉の文化の形成」です。
法律には書いてありません。

福祉を文化にまで高めたかった。
しかし、日本の福祉は未だにそこに到達していない。
制度と金に縛られている。
制度から漏れる人に対する先駆的な働きかけができないんですよ。
いわんや「時勢に逆らって」というのは極めて難しい。
これをどうするか。
背後に、基盤に、それを支える「文化」があるかどうか。
市民文化があるかどうか。
それに尽きると思いますね、私は。

ドイツでは、ベテルが有名になりました。
障がいのある子どもが歩いていると、市民は「ベテルの子が歩いている」と言います。
障がいのある子どもは、ベテルの子なんですね。

ベテルと言うのは、「神の家」という意味です。
神の家の子、です。
尊敬するわけです。神の家族ですから。
日本とは全く違います。
こういう文化が作れるか、どうか。
今、非常に厳しい問いを受けているということだと思います。

オリンピックで銀メダルや銅メダルを取った選手が、何と言うか。
金メダルが取れなくて、「残念」「悔しい」。
金メダルに価値があるんですよ。金、第一主義。
立派じゃないですか、銀メダルや銅メダルを取れただけでも。
オリンピックに出る。それだけで一流だと思うのです。
それでも、金メダルでなければならない。
運動会も一等賞でなければならない。

ベトナムに難民のために作られたコミュニティがありました。

子どもたちが通う小学校の運動会でのことです。

五年生の女の子。

グラウンドを周回する競技に出た時、前を走っていた同級生の子が転んでしまった。うずくまって、泣き出している。

女の子はそこに駆け寄り、その子を立たせて、手を繋いでゴールした。

担任の先生が言いました。

「これは競技なのだから、助けなくていいんだよ」と。

女の子は「助けるの、何故悪い」と言って、食って掛かりました。

これなんですよ。

これがオリンピックだと、私は思います。

平和の祭典でしょ。

一等になることだけを競うのではない。

長野オリンピックでのことです。
フィギュアで優勝したのは、アメリカのピリンスキーです。
沢山のぬいぐるみをもらいました。
彼女は、これを全部抱えて、長野の子ども病院に行きます。
ひとつずつ子どもたちに配って歩いた。
多くのメディアが取材します。
ピリンスキーが言いました。
「これは、私のプライベートな行為ですから、取材をしないでください」
十六歳ですよ。
母親は、どんなに立派な人かと思いました。
私は、これがオリンピック精神だと思います。

## 灯をともす

仏教にこういう言葉があります。
「今や白髪の小児きたれば 正に学童の時なり」
年をとったら勉強しなさい、生涯。
これですよ。
人生、こうでなければならない。
学ぶということは、迷うことです。
ぶち当たる、ということです。
ここから、文化が生まれます。

戦争については大いに悩んでほしい。
インドのガンジーが言いました。

「私たちのすることは殆ど無意味。何も出来ない、ひとりの市民としては。無意味」

「だけど、自分が世界を変えるのではない。世界が変わっても、自分が変わらないことだ」

ガンジーの言葉です。

人間は流されるわけでしょう、時代と共に。

「しっかり、自分の灯をともしなさい」、と言っているのだと思うんですね、ガンジーは。

しかし、なかなか出来ないですね、これが。

ガンジーは自分の灯をともしました。

世界に惑わされなかった。

今でもガンジーの墓は、聖地です。

非常に尊敬されている。

# 第五部
# 目標を持つ

## 孤独に耐える

私どもは家族の中で、老人を敬ってきました。
「養老の滝」などといった話も伝わっている。
ところが、凶作で食べるものがなくなると、やはり「姨捨」をした。
敬老と棄老。
その葛藤の歴史なんですね。
人間はそれを繰り返してきました。
現在、少子高齢社会。老人がますます増える。
「老人は死んでください国のため」などという川柳もあります。
今は、棄老に傾いているんですね。
負担なんですよ、年寄りが。
考えてみますと、年寄りが長生きできる社会は素晴らしいことなんですよ、本当は。

しかし、世間は決してそうは思っていない。

そこに、食い違いがあります。


こういた時代の変化の中で、私どもは老人をどのように扱ってきたか。

「老人福祉法」の第一条には、このように書かれていました。

「多年にわたり社会の進展に寄与したものとして敬愛され、かつ健全で安らかな生活を保障されるものとする」

私は、ここに三つの問題があると思っています。

ひとつは、老人が「過去形」になっていることです。

「寄与したもの」と書かれている。

過去であって、現在でも、未来でもない。

何故、老人を敬愛するかと言えば「社会に寄与」したからなんです。

社会に対して「いい働き」をした者として「大事にしましょう」と言っている。

しかし、「社会に対する寄与」とは何なのか。

「寄与しなかった」人がいるとすれば、どうすればいいのか。

もうひとつ、老人は「受け身」になっている。

保障される人です。

これが、当時とすれば精一杯。限界と言っていいと思いますが、「年寄りは主体的に生きることができない社会」を想定しているんですね。

そういう中で、老人はどう生きていけばいいのか。

老人は、どうあるべきか。

考えざるを得ません。


「人が生ぜしも一人なり　死するも一人なり」

これは一遍上人の言葉です。

聖書には、こう書かれています。

「私は裸で母の胎内を出た。裸でそこに帰ろう。主は与え、主は奪う」

人は裸で出て、裸で帰る。一人で。
これを象徴しているのが沖縄の墓です。
「亀甲墓」と言いますが、実に大きい。
これは母の胎内を象徴しています。
死んで、母の胎内に帰る。
一人で生まれて、一人で死ぬ。
人間はもともと孤独な存在です。一人ですから。
その孤独が私どもの生活にどう反映されるのか。

ニュージーランドのウエリントンに行きました。
病院のケースワーカーとナースに連れられて、ある老人を訪ねた。
訪ねた家は、畑の中にぽつんと立つ一軒家。周りには全く人家がありません。
そこに暮らしているのは、一人暮らしの八十四歳。
「あなたは寂しくないですか」と聞きました。

「馬が一頭、犬が二匹いるだろう。いい友だちだよ」

「村の若者たちがここに来て、いつまでも帰らないから困っているんだ」

そして、こう言いました。

「わしの爺さんはここで死んだ。父親もここで死んだ。わしもここで死ぬ」と。

「意志」を「言葉」にしました。

一人の老人がここで死ぬならと、ケースワーカーと看護師は毎週、ドクターは月に一度、訪問します。

近所に住むヘルパーも三人が交代で詰めます。

三人はかつて「老人に世話になった」人たちです。

一日三回、配食サービスも入ります。

ベッドを運び込んだのはロータリークラブの会員でした。

老人が一人で、そこで死にたいのであれば、専門職も市民もそれを支える。

そういう形が出来ているんですね。

スウェーデンでも一人暮らしの老人を訪ねました。

スウェーデンは半年近く雪と氷に閉ざされます。

老人はアパートで独り暮らし。

私は聞きました。

「寂しいときは、どうなさるんですか」

老人はテーブルの上のローソクを指さして、言いました。

「あのキャンドルの灯を見ているんだよ」

印象的でした。

一本のキャンドルに暖められる。

孤独に耐えている。


人間は、孤独に耐えなければならない。一人ですから。

江戸の末期、安藤昌益という町医者が八戸にいました。

「人は万万人なれど一人なり…」という言葉を残しています。

人間、一人ということを喝破した最初の日本人だと思いますね。

ところが、安藤昌益という人はずっと埋もれていました。

それを掘り起こしたのが、面白いことにハーバート・ノーマンというカナダ人の外交官。岩波新書の『忘れられた思想家―安藤昌益のこと』で紹介したのが最初なんです。

「万万人なれど一人なり」

その「一人」が、孤独に耐えなければならない。


ヨーロッパでは、「孤独に耐えられても、孤立には耐えられない」という考えのもとに、孤立させない方策をとってきました。

しかし私たち日本人は、孤立はもちろん孤独にも耐えられない。

家族の中で育ってきましたから。

東京では毎日十二人が「孤独死」しています。

これは、ヨーロッパでの調査ですが、修道院のシスターたちは平均より長生きだというのです。認知症も少ないという調査結果もあります。
理由ははっきりしない。
この人たちは共同生活です。
同じものを食べて、同じ生活をしている。
修道院のことを「モナステリー」と言います。
その「モナ」というのは、「一人」という意味です。
共同生活ではあるけれども、一人の個性を大事にします。
一人びとりの自立性があって、その上で共同生活が営まれる。
こういう社会なんですね、修道院は。
それが面白いと思うのです。
自立性と共同生活があって、長生きができる。
孤独に耐える。

# 挨拶

　孤立しないためには、近隣の人と挨拶をすることです。

アイヌ語の挨拶は「イランカラプテ」と言います。

「こんにちは」と同時に「あなたの心に触れさせてください」という意味も込められている。

単なる、形式ではないんです。

相手の心に触れる。

これが挨拶です。

そういう挨拶ができれば、孤立しないと思いますね。

私は、幸い毎朝二十人から三十人の人たちと体操をし、挨拶をし合います。

子どもには必ず声をかける。

「行ってらっしゃい」「お帰り」

挨拶は人間の交友の第一歩です。
ごく具体的ですけれども、挨拶し合うことが大事だと思っています。
そして、自分でできることはやってみることです。
例えば、毎朝のゴミ出し。
年にわずか二回ですけれども、私は近くの公園の清掃活動に参加しています。
できることは、やる。

## コミュニティ

秋田県の八郎潟は琵琶湖に次ぐ大きさでした。
昭和三十七年、政府が世界銀行から七百億円を借りて干拓しました。
干拓して大規模農業の村を作った。
今の大潟村です。

全国から五八四世帯を募り、最終的には三千三百人が入植します。

私は村ができて三年目に、大潟村に行きました。

その時の村長職は嶋貫隆之助。

まだ選挙が行われておらず、県知事が任命した村長職です。

嶋貫村長に聞きました。

「いま、村で一番困っていることは何ですか」

答えが面白い。

「宗教です」

国有地ですから、寺も神社も誘致できない。

子どもが生まれたら、隣村の神社でお宮参りをしなければならなかった。

葬式も村でできない。

「それに困っているんですよ」

面白い答えでした。

村の厳しい状況も話してくれました。

自殺者が続いていると言うのです。

入植した人は政府から五百万円の融資を受けていました。

しかし、干拓した場所ですから当初は収穫がない。

三年間、米が採れない。

行き詰まって、自殺をしていく。

嶋貫村長はひとこと言いました。

「村に心がないのです」

響きましたね。

せっかく村を作ったのに、心がない。

この村では最初はみんな他人同士でした。全国から集まってきましたから、お互いに何も知らない。

しかし、子どもが学校に通い始めて、母親同士の交流が始まります。

その交流が公民館活動に繋がり、そこに父親が巻き込まれていく。

消防団が組織され、三五一名の団員が集まった。
県大会でたちまち優勝。全国大会でも二位。
新しいコミュニティが生まれました。

一九七〇年、大潟村が大きく揺れます。
食品管理法に基づく政府の減反政策が始まった。
これに大潟村の村民が反発をしているんです。
減反しない。政府の言うことを聞かない。
検問が張られているために、収穫した米を村の外に持ち出せなかった。
持ち出すと検挙される。いわゆる、闇米になる。
村民は知恵を出します。
「消費者に、直接売ろう」
農産物を産地直送にしました。
これが産地直送の始まりなんですよ。ここから始まる。

減反に反対し続けた大潟村は、今では秋田県で最も豊かな村になりました。
生活保護世帯は一世帯もない。

村民は墓を作りました。共同墓地です。
同じ形の墓が並んでいる。
墓地を作った当時の、村民の平均年齢は三十七歳。
墓を考える年齢ではないんですよ。
それでも、みんな墓を作った。
故郷を出て、ここに骨を埋めるという意気込みを表している。
心がない村に心を作ったんですね。
コミュニティというのは心がなければできません。
コミュニティにとっての課題は心をつくることだろうと思うのです。
そのために必要なのが、お互いに支え合う制度です。

「半分こ」して、分かち合う。

これも必要ですね。

スイスのジュネーブ。

宗教改革の時に、各地を追い出された難民がジュネーブに押しかけます。

城門が、閉まっている。

難民は「城門を開けてほしい」と懇願します。

ジュネーブの市民は、相談をしました。

その結果、「開けよう」となった。

しかし食べ物が不足している。

ならば「市民が断食をして、難民に食糧を与えよう」と決めたジュネーブ市民は、城門を開けて難民を救済しました。

ジュネーブでは、今も九月の第一日曜日に次ぐ木曜日が「難民の日」。休日です。断食をする日なんです。

# 助け合い

儒教の教えに「身体髪膚これを父母に受くあえて毀傷せざるは孝の始めなり」という言葉があります。

人の身体は全て父母から授かったものだから、傷をつけないのが孝行だ、といった意味です。

「障がい者は親不孝」

こう決めつけている。

親と子の因果関係を問うた。

障がいを血の流れと捉えた。

血を汚したから、親不孝である、と。

残念ながら、日本はこの思想を植え付けてきた。

この思想に、障がい者とその家族は今まで泣かされてきました。

今、日本には一万を超える老人ホームがありますが、その中に盲老人のための施設が八十ほどあります。

五十年前に法律で認められました。

奈良の壺阪寺から始まりましたから、仏教系のホームが多い。

あるホームの施設長が私に言いました。

「私たちの施設の根拠は聖書にあります」

驚きました。

施設長は僧侶でもあるのですが、その僧侶が「根拠は聖書にある」と言う。

聖書にはこう書かれています。

「盲人が盲になったのは本人の責任か、親の責任か」と、イエスに問う。

イエスは答えます。

「本人の責任でも、親の責任でもない。神の業の現れんが為である。その人の上に現れんが為である」

親が、子が責任を負うのではなく、その命は神から授かったものであるということなんですね。

この言葉を盲老人ホームの根拠にしたのではないかと思うのです。

その僧侶の謙虚さに頭が下がりました。

しかし、これが福祉の思想なんですよ。

血の流れを問うのではない。


天明三年、浅間山が噴火し大量の溶岩が流れ出しました。

溶岩は群馬県の鎌原《かんばら》という村まで流れて行くんですね。

五百七十人の人口のうち四百七十七人が溶岩に埋もれた。

その村には観音堂ありましてね。そこに上る石段が五十段あるのですが、三十五段まで埋没しました。

上までたどり着いて、生き延びたのは九十三人だけ。

殆ど全滅です。

生き残った九十三人の中からふたつのことが起こりました。

夫を失った妻が、妻を失った夫と再婚する。

子を失った親が、親を失った孤児を自分の子どもにする。

こうして、新しく二十九の世帯が生まれたのです。

これは歴史的に大変珍しい。

我々の家族というのはずっと世襲世帯です。

親から子、孫へと繋がっていく。

新しい世帯のことを創設世帯と言いますが、鎌原の人たちは新しい世帯を作って、新しい村づくりに励んだ。

滅多にないことです。

もうひとつが、災害を受けた日を記念して掃除日を設けました。

村中で掃除をする。これは、今も続いています。

助け合いの心が受け継がれているんですね。

# 通う心

関東大震災の時、東京の小菅刑務所も大きな被害を蒙りました。
大正十二年九月一日午前十一時時五十八分三十二秒。
その時、千二百名の受刑者が食堂に集まっていた。
メニューはカレーライス。
「食べてよし」の号令を待っていた、その時。
激しい揺れと上下動が襲います。
食堂はつぶれ、刑務所の周りを囲んでいた三メートルのレンガ塀も崩れた。
逃げようとした受刑者もいる。
しかし、誰一人として逃げなかった。
誰からか「有馬の顔をつぶすな」の声がかかったのです。
有馬とは当時の刑務所長有馬四郎助です。

この声でみんな踏みとどまった。一人も逃げなかった。しかしそれだけではないのです。その夜、こん棒などを集めて受刑者千二百人が刑務所の周りをぐるりと取り囲んだと言われています。

「怪しいやつを入れるな」と。

国際的にも有名になったエピソードです。この時の様子が描かれた絵が今でも所長室に掲げられています。有馬所長と受刑者の間に心が通っていたんでしょうね。

## パーソナル・グロース

四十年ほど前に、アメリカのある老人クラブを訪ねました。二十四~五名が椅子を円陣に並べて勉強会をしていた。

テーマは遺言の書き方です。
日本でもここ数年、エンディング・ノートというのが流行ってきました。
しかし、最近まで日本の老人クラブでは「死」の問題はタブーだった。
死について考えることを避けてきた。
日本ではタブーの時代に、アメリカでは遺言の書き方を学んでいる。弁護士を呼んで。
これには考えさせられました。
もうひとつ感心させられたことがあります。
その老人クラブの名前が「パーソナル グロース」だったことです。
個人的成長。
エンディングじゃないんですね。
成長です。
このような発想は私どもにはないですね。
エンディング・ノートの勉強にしても、書き方を習うだけ。

年をとるということは人間の没落ですね、ある意味では。
しかし、パーソナル・グロース。成長なんですね。
ロバート・ブラウニングの言葉そのものです。
「ベストは未だ来たらず」
ベストに向かって生きる、ということでしょう。
まさに、パーソナル・グロースです。

年を重ねるにしたがって古稀、喜寿、傘寿と、お祝いの言葉があります。
しかし、日本にあるのは九十九歳の白寿まで。その上がないのです。
中国にはあります。
蹟寿。せいじゅと言います。
百歳になったお祝いと共に、もう一歩、高みに上りましょうという意味です。
もっと登って行きましょう、と。
年をとって蹟寿、パーソナル・グロースを目指すためには、やはり勉強と言うか、修行と言いますか、努力が必要だろうと思いますね。
これを怠ってはならないでしょう。
聖書では「門を叩け」と言います。
年をとると門を叩かないいんですよ。
叩く力がない。
でも、叩け。そして「狭き門から入れ」と、聖書では言います。
門は狭い、でも入りなさいと。
　茶室は躙《にじ》り口から入ります。
六十センチと三十九センチの、あの狭い入口から躙り入る。
入る時、武士は帯刀を許されない。
剣を置いて、一人の人間として入るんです。
身分は捨てて入る。
そこで一期一会が成り立つ。
躙り口から入るぐらいの思いがなければ、勉強は続きません。

# 目標を

勉強や修行と言うのは、ある意味、苦しいものです。
福井の永平寺。
若い僧は、ここで修行をしなければならない。
雑巾がけをする、毎朝。
しかし、東司《とうす》、つまり寺のトイレの雑巾がけは高僧がするんです。
喜びを持って行う。
喜びを持って行えるようになって、初めてトイレの清掃が許される。
だから、修行、勉強は喜びでなければならない。
喜びを持って修行ができるか、ということでしょう。
そのためには漫然と生きるのではなく、目標が必要ですね。
何に向かっていくか。

それが大事だと思うのです。

フェースブックのマーク・ザッカーバーグがハーバード大学の卒業式に招待されました。

一人だけの、名誉ある講演です。

彼はハーバードを卒業していない。中退です。

その落第生に講演を依頼するんですから、懐が深い。

講演の中で彼はこんな話をしました。

「私はアメリカ航空宇宙局・NASAに行ったとき、掃除をしていたおじさんに『何をしているのか』と尋ねました」「彼は答えました。『私は人類を月に運ぶ手伝いをしています』と」

目的意識があるか、無いか。

それは、天と地ほどの差です。

目標を持っているか、どうか。

年寄りになると無いんですよ、目標が。
毎日、漫然と生きざるを得ない。
その時、自分で目標が見つけられるか、どうか。

目標を見つけるとはどういうことか。
小林一茶は「ことしから丸儲ぞよ娑婆遊び」という句を残しています。
年をとって、余生と言うのは丸儲け。大いに遊ぼうと。
「のどかなり願いなき身の初詣」
女流画家小倉遊亀の句です。
願いがないからのどかなんですね。
年をとったら生活を楽しむ。
それには、欲を捨てることです。
趣味があれば、趣味を生かす。
年をとったらゆとりを持つことです。

空を見上げる。
自然を楽しむ。
　今朝、歩きながら桜が散っていくのを見ました。
桜吹雪。
自然は、正直だと思います。
時が来れば咲いて、散る。
近くの公園では、八重桜が花をいくつか付けていました。
若葉も美しい。
年をとると見えて来るものがあるのです。

## 死を想え

いま、「アカウンタビリティ」という言葉が企業で盛んに言われています。

アカウンタビリティは説明責任。

ちゃんと透明にしなさい、と言うことでしょう。

原語は「神の審判」という意味です。

最後は神の前に立たされて、審判を受ける。

ダンテは「神曲」の中でそのことをはっきりと言っています。

「お前は、今まで何をしてきたのか」

「お前の人生はどういう意味を持っているのか」

「人に対して何をしてきたか」

問われる。

それをアカウンタビリティというんです。

仏教では閻魔様に向かって両手を広げる。

片手は自分のために使った時間。

もう一方の手は人のために使った時間です。

自分のために使った時間が重ければ、地獄に行く。

そういう教えなのです、仏教は。

アカウンタビリティは、ヨーロッパの修道院では「メメントモリ」と言います。「死を想え」、という意味です。

私たちは、年をとっても死について考えたくないんですよ。

死が迫ってきているだけに、できれば逃げたい。

その気持ちは年を重ねるごとにますます強くなっていきます。

しかし、メメントモリ。

きちんと備えなければならない。


「レスポンシビリティ」という言葉があります。

レスポンシビリティは「レスポンス」なのです。

主体的に応答せよ。

人を使って、言い訳をするな。

他人に転嫁するな。

自分の責任においてきちんと答えよ。
これがレスポンシビリティという言葉の意味です。
　自分自身の責任で死への備えをしなければならないんですね。
自分がどうやって死を迎えるか。
自分が死んだあとの後始末をどうするか。
本当は考えたくないんですよ。
しかしメメントモリ。備えよ。
アカウンタビリティに対して、ちゃんとレスポンスする。

　私もそういう人生でありたいと思っています。
遺言状はちゃんと作りました。
私の葬式の時に歌う讃美歌から前奏曲まで決めている。
教会は「閉口している」でしょう。
今、エンディング・ノートを声高に言わなければならない時代なんでしょうね。

しかし、書いている人はつらいと思います。

私の父親には、殆ど財産らしきものはなかったのですが、それでも残されたものは全て寄付をしました。

兄弟が六人、連れ合いを入れて十二人。

即決でした。

兄弟、仲が良かったのが幸せですね。

何も残さないというのは気持ちが良い。

私に残された父親の形見は青山学院から贈られた時計がひとつです。

それも青山学院に寄付しました。

だから、何もない。

# 一歩でいい

ジョン・ヘンリー・ニューマンが作った讃美歌の中に「ひと足、またひと足」という歌詞があります。

原語は「ワン・ステップ・イナフ・フォー・ミー（一歩で十分）」。

これが老人の生き方だと思いますね。

一歩、一歩でいい。

二歩、三歩、行かない。

慌てない。

無理をしない。

私の人生訓です。

ヘーゲルの言葉に、「ここがロードス島だ。ここで踊れ」という一節があります。

ロードス島とは、現実を言うんです。自分の。
よそ見をするな。
今、自分のいるところできちんと踊りなさい。
隣の芝生は青く見えても、お前のいるところはここだと言っている。
だから、「いま、ここで」なんですよ。
ワン・ステップ・イナフ・フォー・ミイ。
「イナフ」なんです。
イナフが大事なんですね。

## 自立

私は九十歳になって初めて、戦争責任を語る気持ちになりました。
八十歳代では考えられなかった。

何を残すかを考えた時、そこに到達せざるを得なかったんだと思います。

悩んでほしい、自分の人生に。
悩むということは、自分で責任を持つということです。
人から言われて、それに依存している生き方は避けてほしい。
戦争がそうでした。
時の権威に従って、みんな付いていった。

アメリカの高校生が銃の規制を訴えていました。
自分で考えて、自分の言葉で訴えている。
スローガンは「銃を守るか、子どもを守るか」
行動に移しているのがすごい。
政治も無視できないと思います。
悩み、考え、行動する。

日本の高校生に、あれだけの覇気があるのか。
　おおいに苦しみなさい。
悩みなさい。
そして、自立しなさい。
責任を人に転嫁して、言い訳をしないでほしい。
日本は、日本人は、大きな可能性をはらんでいます。

これが、九十二歳の私の告白です。

# あとがき

阿部志郎先生は一九二六年二月の生まれである。

先生のことを父とも慕う燦葉出版社代表の白井隆之氏は、常々自ら出版する書籍に阿部先生の言葉を残したいと考えていた。

横須賀で生まれ育ち、子どもの頃の発熱が原因で障がいを得た白井氏と先生の交流は、横須賀社会館を介してゆうに半世紀を超えているが、実はじっくりと話を聞く機会はなかったと言う。

出版について快く引き受けていただいた先生に意図を説明する白井氏は、確か「先生の遺言にしたい」と言ったことを記憶している。先生が発する言葉のひとつひとつをしっかりと心に刻んでおきたいが故の「遺言」だったのであろう。先生は「売れないよ」の一言を返す。

白井氏を見る先生の眼差しはことのほか優しかったように思う。

インタビューは二〇一八年の二月十二日から四月四日まで、横須賀社会館において五回に渡って行われた。

戦後間もなく、フィリピンの小さな村での経験から語りがスタートする。考えず、惑わず、疑わず戦争に突き進んだ日本、そして軍人であった自らの過ちを悔いる。あの時代を繰り返してはならない。そのために、明日の日本を生きる若者には考えて、迷って、疑って、悩んで生きて行ってほしいと訴える。

先生はこれまで殆ど戦争について語ってこなかった。むしろ語りたくなかった。語っても今の若者には「分かってもらえない」との思いがあったと言う。しかし、九十歳を超えて何を残すべきかを考えた先に思い至ったのは、戦争を語ることであった。

背景には、今の時代に潜む「危うさ」があるのではないか。二度と過ちを犯してはならない、という強い思いが。

御殿場の神山復生病院における井深八重との出会いが自らを福祉の世界に導いたように、先生は人との出会いをことのほか大事にし、その出会いを糧として揺るぎない信念を築いていった。今でも自分の信念に従い、ゴールに向けての一歩が重要ですと締めくくった。

私たちが喜びとするのは先生と出会い、同じ時間を生きていることである。私たちに課せられているのは、先生の「言葉」のひとつひとつを次の時代に繋いでいくことであろう。

本書は時間の流れの中で語られた言葉を、出来るだけ忠実に再現することに努めた。従ってストーリーはない。言葉のひとつひとつを結びあわせて、これから生きていくためのヒントにしていただければ、それに勝る喜びはない。

平成三十年六月　　聞き手　大江亮一

本書は二〇一八年二月十二日から四月四日まで、横須賀社会館において阿部志郎先生が話された内容を出来るだけ忠実に文章化したものです。

**阿部志郎（あべ　しろう）**
1926年　東京都生まれ。
最終学歴　東京商科大学（一橋大学）
　　　　　米国ユニオン神学大学へ留学（２年）
主な経歴　明治学院大学助教授を経て横須賀基督教社会館館長（1957～2007年）
　　　　　神奈川県立保健福祉大学学長（2003年～2007年）
主な著書　1986年『地域福祉の思想と実践』（編著）海声社
　　　　　1988年『ボランタリズム』（講演集）海声社
　　　　　1997年『福祉の哲学』誠信書房
　　　　　2000年『社会福祉の国際比較』（編著）有斐閣
　　　　　2001年『キリスト教と社会福祉の戦後』海声社
　　　　　2004年『地域福祉のこころ』コイノニア社
　　　　　2007年『もうひとつの故郷』燦葉出版社
　　　　　2021年『福祉に生きる君へ』燦葉出版社

**大江亮一（おおえ　りょういち）**
1943年東京で生まれる
1966年慶應義塾大学法学部政治学科卒業。朝日広告社において広告制作及びセールスプロモーション（ＳＰ）部門を担当及び統括。編集者、ライター、介護職員。退職後ヘルパー２級（当時）の資格を取得。現在も介護職員として現場に立つ一方、介護と医療の専門誌「シニア・コミュニティ」編集長を務める。

**◎聞き手・編集協力：大江亮一**

**信念に、生きる**—隷属から自立へ—

（検印省略）

2018年６月29日　初版第１刷発行
2022年10月１日　初版第２刷発行

語り手　阿 部　志 郎
発行者　白 井　隆 之

発行所　燦葉出版社　東京都中央区日本橋本町 4-2-11
　　　　電 話 03(3241)0049　〒 103-0023
　　　　FAX 03(3241)2269
　　　　http://www.nextftp.com/40th.over/sanyo.htm
印刷所　日本ハイコム株式会社